유행가들

유행가들

김형수 에세이

자음과모음

차례

이 책을 이름 없이 살다 간 유랑극단의 가수들,
내 작은형처럼 뮤직박스에 앉았던 다방의 디제이들,
그리고 최루탄 속에서 노래한 민중 가수들에게 바친다.

유행가들에 대한 짧은 노트

트로트의 나라

1.

최근 들어 부쩍 트로트 이야기를 듣는다. 친구들이 내게 트로트 이야기를 자주 하는 까닭은 내 젊은 날의 별명이 '트로트'였다는 데 있다. 나는 왕년에 『나의 트로트 시대』라는 소설도 썼다. 그러나 그 때문에 나를 트로트라 불렀던 건 아닐 것이다. 트로트라는 말에는 '오래된 가요 장르'와 '낡은 것' 또는

'촌놈'이라는 뜻이 함께 담겨 있다. 그리고 그것은 매우 고달픈 역사적 사건들과 또 매우 질박한 세월의 축적 속에서 형성된 것이다.

가요 장르는 본디 연주 기법에서 나온 거라고 한다. 연주 기법은 아마도 율동을 청각화하는 형식일 것이다. 그래서 주법(奏法)과 주법(走法)은 늘 같은 말처럼 들린다. 트로트라는 말도 말(馬)이 달리는 모습에서 나왔다. 초원의 유목민들은 말발굽에서 일어난 먼지와 바람에 휘날리는 갈기 사이의 거리를 보고 속도를 가늠한다. 말이 전력 질주를 할 때는 먼지와 갈기 사이의 거리가 멀고 따각, 따각 하는 소리가 대지를 울린다. 말이 이렇게 달리는 모습을 '갤롭'이라 하는데, 자동차 브랜드 '갤로퍼'가 여기에서 나왔다고 한다. 그에 비해 말이 스치듯이 뛰는 것을 '스윙'이라 하는데 기타 연주자들이 스윙이라 말하는 기법이 이 모양을 가리킨다. 그런가 하면 말이 먼지를 피우지 않고 마치 속보를 하듯이 톡, 톡, 톡 땅을 치면서 가는 모습이 '트롯'이다. 그런데 일본사람들이 트롯이라는 발음을 할 수 없어서 '도로또'라 부르게 되었다. 트로트는 도로또의 한국식 표기이다.

그러나 우리나라 사람들은 이 말을 좀 다른 뜻으로 쓴다. 한국에서 트로트가 말의 주법(走法)도 아니고 기타의 주법(奏法)도 아닌 또 다른 문화어로 고착된 데에는 좀 특이한 맥락이 없지 않다. 일제가 조선을 강점한 뒤 자본주의적 수탈을 시작할 때 주목한 산업 중 하나가 신문물을 보급하는 레코드 시장이었다. 이 흥행 산업이 발흥하던 일제강점기의 조선에는 특이한 토양이 조성돼 있었다. 부유층 엘리트가 기생집을 들락거리며 누리던 판소리·창·타령 음조를 신식화한 가요 '신민요'가 먼저 레코드 시장으로 흡수된다. 새로 유입된 성악과 재즈 같은 서양 음악도 여기에 합류되고, 윤심덕의 죽음으로 조선의 거리를 흔들어놓는 <사의 찬미>와 함께 상업적 '대중가요'도 흥행할 발판이 만들어진다. 이렇게 레코드 시장이 번성할 최적의 시기에 성악가 채규엽이 일본의 엔카를 번안하여 부르면서 소위 유행가의 역사가 시작되는 것이다. 그렇다면 한국 최초의 유행가 가수는 채규엽이 되는데 문제는 그가 부른 가요들이 트로트였다는 점이다. 채규엽은 조선팔도의 기생들이 목을 걸고 덤빌 만큼 선풍적인 인기를 끌었다. 그가 후세에 크게 알려지지 않은 것은 너무나 많은 스캔들을 견디다 못해 월북해버린 까닭에 있다. 바로 이것이 한국의 트로트가 한편으로는 재래식 문화를 뜻하면서도 다른 한편으로는 왜색이라는 허물을 써야 하는 원죄가 되었다. 그 흐느적대는 선율과 설움으로 가득 찬 노랫말들을 비판적 지식인들은 오랫동안 냉소했다. 트로트는 애오라지 패배적이고 체제 순응적인 장르라는 오명을 쓰고 살아남은 것이다.

그런데 나는 트로트가 연주 장르를 가리키기보다 정서적 양상을 가리키는 말로 사용될 때 더 근사해 보인다. 그 세속적 별칭인 '뽕짝'은 사회주의 예술론에서 '인민성'이라 부르는 대중적 통속성을 이르는 말에 가깝다. 그렇다면 이것의 정체는 근대적 의미의 '신파'가 담긴 예술을 총칭하는 셈이 되는데, 나는 이런 이야기를 할 때 조금 까다로운 입맛을 앞세워서 한때 태진아, 송대관으로 대표되던 현대 오락 가요를 열외로 놓는 버릇이 있다. 그 이후의 뽕짝은 트로트 밖의 트로트라 해도 좋다. 왜냐하면 그 노래들에는 이미 역사적으로 형성된 '집단의 비애'가 사장되고 없기 때문이다. 오호애재라!

2.

내가 신파 트로트에 애착을 갖는 요소는 두 가지인데 하나는 시대적 호흡의 측면이고, 다른 하나는 풍속사적 연대감의 측면이다. 가령, 구시대의 잔재처럼 남아 있는 TV 프로그램 <가요무대>의 진행자는 자신의 방송을 청취할 대상으로 "전국에 계시는 국민 여러분! 멀리 해외에 계시는 동포 여러분! 그리고 타국에서 일하는 근로자 여러분!"을 호명한다. 이는 매우 중요한 문제이다. 우리는 어느 때부터인가 한곳에 정착해 살면서 전설과 신화를 만들던 '온전한 세계'를 상실하고 말았다. 한국의 근현대사는 근거지 박탈의 역사였다. 일제가 침략했을 때 우리의 공동체는 크게 네 쪽으로 쪼개진다. 저항 의지를 가진 자들은 싸우기 위해서 마을을 뜨고, 출세에 눈이 먼 자들은 제국주의에 부역하느라 관변으로 가며, 침묵했던 다수는 징용·징병에 끌려간다. 그리고 뒤에 남은 아녀자들이 아버지와 삼촌, 오빠들을 기다리는 임시의 삶을 사는데, 이 '임시'가 8·15 이후에도 종료되지 않는다. 그러니까 '해방'이 곧 '분단'이었다. 까닭에 우리는 '임시'가 끝나지 않은 상태에서 전쟁을 맞고, 분단 갈등을 겪고, 다시 냉전을 치르는 것이다. 20세기라고 하는, 그 가공할 진영별 폭력과 국가 간 정치 충돌이 만연했던 시기에 우리는 짧게는 60년, 길게는 그 후로도 2대째, 3대째 나그네의 역사를 이어온 셈이다. 그래서 이 시기에 한국인들이 고향을 그리워하면서 부르는 노래들은 모두 '존재의 온전성'을 그리워하는 노래라 볼 수 있다. <가요무대>는 오랫동안 이 문제를 상기시켜온 TV 프로그램이었다. 그래서 나는 이 프로그램이 그나마, 트로트는 오락 가요가 아니라 비원(悲願)의 노래임을 증명하고 있었다고 본다.

　　그렇다면 트로트가 우리나라 사람들에게 정서적 파동을 크게 일으키는 현상을 우리는 어떻게 소화해야 좋을까? 그간에 발휘된 트로트의 힘은 어쩌면 장르의 성격에 있는 게 아니라 수용자의 정서적 상태에 있었는지 모른다. 한국이라는 나라를 마음의 거점으로 둔 사람들은 대부분 심연의 밑바닥에 정치적 내상(內傷)의 흔적을 간직하고 있다. 다음 마종기의 시 「차고 뜨겁고 어두운 것」에서 나온 내용처럼 그것은 얼핏 보아서는 잘 드러나지 않는다.

> 그리스와 터키에도 많은 한국 사람이 서로 딴 말을 하면서 살고 있었다. 지중해의 동쪽 변경 사이프러스에도, 아프리카의 케냐와 탄자니아 사이에도 한국 사람이 닻을 내리며 살고 있었다. 북해의 북쪽 끝, 노르웨이에서 북쪽 바다로 하루 종일 나가 있는, 북위 70도 근처의 작은 섬나라, 인구 7만의 수도 레이커빅에도 한국 식당이 있었다. 화산과 빙산에 싸인 섬에서 김 선생님 댁은 김치찌개를 끓이면서 말했다. 우리만일까요 뭐, 모두가 다 그렇게 사는 것이겠지요. 무엇인가 오래 그리워하면 그게 다 사방 바다로 밀려 나가 한정 없이 저런 파도를 만들어낸대요. ─ 파도가 아파하는 소리가 너무 커서 밤잠을 설치다가, 나는 사흘 만에 그 섬을 떠났다.

이는 단지 디아스포라의 슬픔만은 아니다. 제 고향에서

대를 이어 살아온 한국인들조차 비애랄까 우수랄까 한이랄까 하는 것을 지니고 있다. 그래서 이 증상은 아마도 이 공동체가 송두리째 앓고 있는 집단적 치유의 대상이라 해야 할 것이다. 나는 그것을 치유하는 문화적 기제가 트로트라고 본다. 그래서 트로트는 민족 수난기에 헤어진 너와 나 사이에 떠 있는 섬처럼 중요하다. 흔히 국가를 말할 때 주권과 영토와 국민을 꼽는데, 그렇다고 해서 그것들이 모국어의 크기를 온전하게 포괄하는 것은 아니다. 우리나라 사람들이 남, 북, 해외라고 말할 때 그 공통 기억의 토대가 되는 정서적 대지를 어디에서 확인할 수 있을까? 주권? 영토? 국민? 아니다. 그것들은 모두 파편으로 남아 있다. 내가 트로트를 중시하는 까닭은 그래도 민족의 온기를 담고 있는 마지막 원두막이 이것이라 여겨지기 때문이다.

우리가 불렀던 노래들

내가 유행가를 듣는 시간은 고향을 사랑하는 시간이고, 내가 거쳐온 풍속사의 향기를 다시 맡는 시간이며, 세상살이에 지친 영혼을 달래고 위무하는 시간이다. 학창 시절에는 거리에서 떠도는 노래들이 대부분 너무 흔할 뿐만 아니라 천해서 지겹다는 생각을 버릴 수 없었다. 그러다가 1980년대의 자욱한 최루탄 연기 속에서 심성이 사나워지고 정치 언어가 과잉되는 현장에서 전혀 다른 성격의 집회를 경험한 뒤에 생각이 싹 바뀌게 되었다. 아마도 민주화운동의 일선에서 대중 집회를 선도하는 어느 학생 노래패의 공연 현장이었을 것이다. 무대에는 통기타를 든 가수가 올라와 수난과 시련으로 가득 찬 한국 근현대사의 주요 장면들을 상기시키는데 많은 관객이 노래를 따라 부르며 감격하고 있었다. 일제강점기의 화면을 보여주면서 <황성옛터>를 부르고, 8·15 해방 이야기를 들려주면서 <귀국선>을 부르며, 산업화의 뒷골목에 피어난 어두운 청춘들을 상기시키며 <맨발의 청춘>을 부르는 것을 보면서, 유행가를 미개하게 취급하는 일이 어쩌면 우리의 생활사이자 거리의 풍속사에 대한 혐오를 조장하는 일이라고 생각하게 된 것이다. 나는 훗날 광주의 김태종 선배를 만나서 이야기하다가 아마도 이 선배가 그때 내가 봤던 공연의 기획자였을 거라는 생각을 하게 되었다. 김태종 선배는 1980년 5월에 광주에서 도청 앞의 인파를 이끌던 광대였으니 역사 의식도 높을 뿐 아니라 문화적 소양도 남달랐다. 그래서 여차저차한 이야기를 듣다가 때마침 선배가 메모해둔 유행가 목록을 얻게 되었다. 혹시라도 유행가를 어떻게 사용하면 좋을까 하고 생각하는 분들을 위하여 여러 말 할 것 없이 그

선배가 표로 만든 메모 '우리가 불렀던 노래들'을 그냥 여기에
전재해둔다.

시기	사연	관련곡
① 1세기~10세기	• 백제의 멸망으로 민중의 한(恨) 시작되다. 전라도 애국가	<백마강>
② 11세기~19세기	• 왕조의 교체는 여러 번 이루어졌으나 민중의 고통과 한은 심화됨	<칠갑산>
③ 1910년 이후	• 망국의 한, 망향의 비애	<황성옛터> <눈물 젖은 두만강> <목포는 항구다>
④ 1945년	• 잠시나마 해방의 감격을 맛보다	<귀국선>
⑤ 1950년대	• 전쟁 그리고 허무주의 '박인환' • 계속되는 제국주의 침탈로 민족의 정조 유린당하다	<목마와 숙녀/세월이 가면> <에레나가 된 순이>
⑥ 1960년대	• 박 정권, 쿠데타로 인한 침체된 분위기를 고양시키기 위해 들뜬 노래를 강요하다 • 산업화의 뒷골목에 피어난 어두운 청춘 • 60년대의 보고 싶은 예쁜이·곱분이 • 60년대와 함께 우리 곁을 떠나간 청년 환자 '배호'	<노란샤쓰 입은 사나이> <맨발의 청춘> <고향역> <당신> <돌아가는 삼각지> <안개 낀 장충단 공원>
⑦ 1970년대	• 계속되는 유신 독재, 젊은이들 탈출을 절규하다! • 70년대의 아웃사이더 '이장희' • 암울한 시절, 우리네 가슴을 울리다 • 70년대의 마지막 순수 '김정호' • 70년대 캠퍼스 장송곡 • 70년대의 창백한 우리의 넋	<고래사냥> <왜 불러> <한 번쯤> <그건 너> <한잔의 술> <그사람 이름은 잊었지만> <나는 너를> <이름 모를 소녀> <하얀 나비> <날이 갈수록> <너>

시기	사연	관련곡
⑧ 1980년대	• 80년 5월, 외톨이가 된 광주 • 80년대 사랑밖에 할 수 없었던 회한 • '잊힌' 아닌 '잊혀진', 가슴 저미는 헤어짐 • 남자와 여자의 당연한 비밀 • 80년대의 바람 • 80년대의 난폭한 정열	<바위섬> <바윗돌> <해후> <동행> <무정 블루스> <잊혀진 계절> <남자는 배 여자는 항구> <미워요> <연상의 여인> <바람 바람 바람> <황홀한 고백>
⑨ 1990년대 이후	• 아직도 우리는 갈라져 있는가 • 세기말, 어디론가 떠나고 싶은 방랑자 • 20세기의 잃어버린 낭만 • 술잔 속에 어리는 잊을 수 없는 그녀 • 끝날 때는 언제나 '조용필'	<직녀에게> <대동강 편지> <홀로 가는 길> <내일> <낭만에 대하여> <빈잔> <내 영혼의 히로인> <킬리만자로의 표범> <그 겨울의 찻집>

이렇게 유행가에 얽힌 추억담을 늘어놓다 보면 다들 시간의 마술에 속고 만다. 옛날이 오늘이 되고 노래 속의 풍경들이 갑자기 나의 것으로 돌변하는 것이다. 그래서 유행가는 새로운 인문학의 핵심 소재로 제공될 이유가 너무도 많다.

풍문들

그런데 유행가의 그늘에는 지금도 풍문이 남아 있는지

모르겠다. 근대의 물결이 한창 거칠게 흐를 때 유행가 뒤에는 늘 미신 같은 풍문들이 따라다녔다. 이건 내가 어릴 때 동네 형한테 들었던 이야기이다.

"남진이 월남전에 가서 목이 망가졌단다. 아무리 전라도 놈이라고 국보급 가수를 월남까지 보내야 쓰겠냐."

하긴 옛날 군대에서 고참 사병들이 지루한 시간을 견디는 가장 좋은 방법 중 하나가 졸병을 불러 노래를 시키는 일이었다. 준비도 안 된 노래를 식전부터 마구 시켜대면 제아무리 타고난 성대를 가진 사람도 버텨낼 재간이 없을 것이다. 물론 그래서 남진의 목청이 상했다는 주장이 논리적으로 성립되려면 중간에 건너뛴 여러 단계의 비약들이 다시 합리적 이유를 확보해야 된다. 하지만 이런 이야기가 전해주는 한 가지는 분명히 있다. 그것은 유행가에도 어쩔 수 없이 정치적 감정이 개입된다는 사실이다. 유행가는 다양한 방식으로 대중의 정치 감정에 이용된다. 전라도 가수 남진이 하나의 정치적 아이콘으로 사용되는 사례는 나중에 김지하의 시 「지옥 1」에도 나온다.

꿈꾸네
새를 꿈꾸네
새 되어 어디로나

날으는 꿈을 미처 꿈꾸네

남진이 되어 남진이 되어

저 무대 위

저 사람들 위

저 빛나는 조명등에 빛나는

저 트럼펫이 되어

외쳐보렴 목 터져라 온 세상이 찢어져라 찢어져 없어져 사
라져

호떡도 수제비도 잔업도 없는 무대 위에 남진이 되어

사라져가렴 손가락아 제기랄!

　전문을 다 인용하려면 길다. 하지만 이 정도만으로도
이 시에서 가수 남진을 계급적 '불우'를 설파할 대중 기호로 사
용하는 이유가 충분히 전달되리라고 본다. 1960년대 말에서
1970년대 초 사이에 농촌의 아이들이 대거 서울로 올라가 공장
에 취직하면 인권이고 근로기준법이고 가릴 것 없이 마구잡이
로 극한 노동에 내몰렸다. 하층 말단에는 전라도 출신 노동자가
특히 많았다. 그중의 한 사람인 화자는 자아를 "소화 20년제의
낡아빠진 가와모도 반절기"라 하여 형편없이 낡은 일제 유물의
인쇄기에 손가락이 잘려 나간 노동자의 울분을 토한다. 고물 인

쇄기에 잘린 손가락이 봉합되지 못하기 때문에 감옥 같은 운명에서 해방된다는 역설이 여기에는 있다. 시의 제목을 「지옥 1」이라 지은 것은 인간의 신체 일부가 기계에 잘려 나가 한 많은 넋에서 분리되어서야 비로소 자유를 얻는 노동자들의 현실을 지옥도라 명명하기 위해서이다. 거리의 유행가들은 이 같은 사연들과 셀 수도 없이 얽혀 있다.

　　요즘 젊은 세대에게는 어떤 노래들이 그들의 시대적 감정을 대변하는지 모르겠다. 나이 탓인지 내게는 세월이 갈수록 삶의 전망을 함께 나눌 사회적 감정의 매개물이 잘 눈에 띄지 않는다. SNS에 가득 찬 이야기들에는 풍문의 아우라가 없고 오히려 '가짜 뉴스'의 음험함만 도사려 있다. 연예계 주변은 이제 스타들의 풍문이 사회의식을 반영하는 바가 없이 오직 '가짜 뉴스'에 테러당하는 현장이 된 것이다. 하지만 예전에는 유행가를 매개로 한 거리의 풍문들이 마치 디지털 시대의 SNS처럼 상승 작용을 하면서 대중적 위력을 증폭시키는 예가 많았다. 예컨대 4·19는 당시에 유행가의 도움이 없었으면 결코 성공을 거두지 못했을지도 모른다. 경위를 말하자면 이렇다.

　　신익희라는 정치인이 있었다. 그는 한국전쟁 때 이승만이 북벌론을 펴다가 도망쳐버리자 국회의장으로서 항의 방문을 하였다. "수도 서울을 지키겠다고 해놓고 도주한 점에 대해 대국민 사과를 발표하라"고 요구한 것이다. 당연히 묵살되었다. 그가 이승만과 정치 대결을 벌인 것은 1956년 대통령 선거 때였다. 이승만은 자유당 후보로 출마했고, 신익희는 민주당 후보였는데 진보당 후보 조봉암으로부터 양보를 받아서 야권 단일화가 이루어진 상태였다. 신익희는 중립화통일론자인데, 어느 때보다도 정권 교체의 가능성이 높았다. 그가 온 힘을 다해 열차와 고속버스 편으로 유세를 다녔음은 물론이다. 그 일환으로 한강 백사장 유세를 성대하게 마쳤을 때 측근들은 쉴 것을 권했으나 듣지 않았다. 그리고 호남선 열차를 타고 전북 익산으로 향하던 중 열차 안에서 커피를 마시다가 쓰러져 숨지고 만다. 어찌 된 영문인지 이유는 밝혀지지 않았다. 신익희의 운구가 서울역에 도착했을 때 수많은 군중이 몰려들어서 그의 유해를 경무대 쪽으로 끌고 가는 경찰과 충돌하지 않을 수 없었다. 이때 사상자가 10여 명, 검거된 자가 700여 명이었다고 한다. 이 사건으로 신익희가 묘사된 듯한 노래 <비 내리는 호남선>이 수록된 음반이 대량으로 팔려나가기 시작했다.

목이 메인 이별가를 불러야 옳으냐
돌아서서 이 눈물을 흘려야 옳으냐
사랑이란 이런가요 비 나리는 호남선에

이 노래는 신익희의 죽음을 타살로 보는 압도적 다수의 심정을 대변하는 가요가 되었다. 흔히 정치 이야기로 흐르기가 십상인 거리의 술집에서는 틈만 나면 이 노래가 터져 나왔다.

그리고 4년이 흘렀다. 이번에는 대통령 선거에서 조병옥이 민주당 후보가 되어서 부통령 후보 장면과 함께 이승만 진영과 대결을 준비한다. 그런데 후보 등록을 마친 조병옥이 선거전에 돌입하기도 전에 신병을 얻어서 미국에서 치료를 받다가 숨을 거둔다. 이제 대통령 선거는 있으나 마나 한 상황이 되고, 대신에 부통령 선거가 민심의 풍향을 알리는 척도가 되었다. 민주당에서도 장면의 승리가 절실히 요구되었지만 자유당에서도 이기붕의 당선이 반드시 필요했다. 이승만이 연로하여 새로운 부통령이 실제 통치 행위를 도맡아야 하기 때문이었다. 이에 장기 집권을 획책하는 부정선거가 극에 달하자 지식인들이 양심선언을 하고 교단이나 공직을 떠나 고향으로 돌아가기 시작한다. 바로 이때 유행하던 박재홍의 노래 <유정천리>가 정치적 귀향자들의 심정을 은유하는 힘을 발휘한다.

가련다 떠나련다 어린 아들 손을 잡고

감자 심고 수수 심는 두메산골 내 고향에

못 살아도 나는 좋아 외로워도 나는 좋아

눈물 어린 보따리에 황혼빛이 젖어드네

이 노래는 당시 지식인의 귀향을 그린 영화로도 제작되어 선풍적인 인기를 끌고 있었다. 그 바람을 타고 경상도 지역 학생들이 노랫말을 <유석 애도가>로 개사해 유석 조병옥의 죽음을 슬퍼하는 추도가로 애창했다. 그리하여 <유정천리>가 퍼지면 퍼질수록 자유당이 불리해지는 상황이 연출되자 자유당은 마침내 이 노래를 부르지 못하도록 금지시키고 말았다. 이렇게 처음에 경상도 지역에서 시작된 '자유당 반대 운동'은 2·28학생 봉기로 이어지고 이것이 다시 마산에서 3·15부정선거에 항의하는 중고생들의 시위를 낳았다. 여기에 경찰이 무차별적인 폭력으로 대응하여 김주열 사건이 발생하자 전국의 청년 학생들이 들고일어나 4·19가 터지게 된 것이다. 처음부터 끝까지 시위대와 함께한 <유정천리>는 결과적으로 셀 수 없이 많은 정적 암살로 연명해온 이승만 독재의 숨통을 끊는 노래가 된 것이다.

그러고도 유행가의 역할은 아직 끝나지 않는다. 4·19혁명이 불과 1년 후에 5·16쿠데타로 무효화되고, 세상은 다시 삼엄한 군사정부 치하로 돌아가고 말았다. 이때 황량한 거리에서 한국적 상황을 허탈해하는 지식인들이 현미의 <보고 싶은 얼굴>을 부르기 시작한다.

> 눈을 감고 걸어도 눈을 뜨고 걸어도
> 보이는 것은 초라한 모습 보고 싶은 얼굴
> 거리마다 물결이 거리마다 발길이
> 휩쓸고 지나간 허황한 거리에서
> 눈을 감고 걸어도 눈을 뜨고 걸어도
> 보이는 것은 초라한 모습 보고 싶은 얼굴

이 노래는 1964년에 이산가족 상봉을 염원하는 가요로 발표되지만 노랫말에 담긴 풍경 때문에 어쩔 수 없이 4·19 때 사라져간 얼굴을 그리워하는 역할을 톡톡히 했다. 3·15부정선거 후에 국회의사당 앞에서 '국회의원 10원에 두 개'라는 피켓을 들고 1인 시위를 했다는 4월의 시인 신동엽의 애창곡도 바로 이 노래였다. 가수 현미는 실향민이었고, 가요 <보고 싶은 얼굴>은 이산가족의 노래였는데, 이는 모두 4·19 이후 실패로 돌아간 중립화통일론자들의 정치적 이상과 어울리는 요소들이었다.

김정호

이제 내가 좋아하는 우리 시대 최고의 분단 가수 이야기를 하고 싶다. 내가 그를 처음부터 좋아했던 것은 아니고 어떤 계기가 있었다. 그때는 내가 몽골에서 소설 『조드』를 써서 '예스24'에 연재할 무렵이니 아마도 2009년 겨울일 것이다. 나는 유목민을 취재하러 가는 날이 아니면 통역자를 쓰지 않고 혼자 지냈다. 겨울 몽골은 한없이 춥고, 거리에는 말도 통하는 사람이 없다. 그렇게 되면 노래도 없고 추억도 단절되며 미련도 끊긴다. 수인사를 나눌 지인 하나도 없는 불통의 도시에서 그나마 인터넷을 연결할 수 있는 시간에는 한국 노래를 들을 수 있었다. 그래서 나는 끼니때마다 방구석에 앉아 또 한 끼를 어떻게 때울까 망설이는 시간에 흘러간 유행가를 들었다. 여흥이 길어지면 부엌에서 밥과 찬을 짓고 식사를 마친 다음 설거지를 끝낼 때까지 등 뒤에서 들려오던 아련한 노랫소리에 취했다. 그때 들어보니 신중현, 김추자, 배호, 이미자, 패티 김, 정훈희, 송창식, 김정호, 조용필, 전인권, 장사익 등 한국에는 훌륭한 가수들이 참으로 많았다. 그래도 한참 떨어져서 들으면 가사도 선율도 제대로 전달되지 않고 노래에 담긴 '인간의 감정'만 파도처럼 밀려온다. 그래서 듣다 듣다 물리는 대로 하나씩 배제하고 맨 마지막에 단 한 명의 가수를 남겼는데 그가 김정호였다.

　　나처럼 나이가 육십대에 이른 자들은 김정호의 음성을 모르는 이가 없다. 1971년 어니언스가 <꿈과 음악 사이>에 출연하여 노래 <사랑의 진실> <작은 새> <저 별과 달을>의 원작이 김정호임을 밝히면서 데뷔했다는 가수, TBC 방송국에서 패티 김 특별무대에 조용필과 함께 초대받아 파격적으로 존재를 알린 싱어송라이터 김정호 말이다. 그런데 내가 몽골에서 심취한 노래들은 예전에 교복을 입고 만화방 TV로 접했던 곡목들이 아니었다. 아마도 그가 대마초 파동을 겪고 고질적인 폐병과 싸우다가 서른네 살에 요절하기 직전까지 불렀던 노래, 그러니까 새파란 나이에 죽음을 앞두고 불렀던 노래들인데 어쩌자고 그리도 구슬펐던지 나는 그의 옛 노래들에 발이 묶였다. 정말 헤어나기 어려운 수렁이었다. <목포의 눈물> <비 내리는 호남선> <유정천리> <대전 부르스> 등 그가 선곡한 가요들은 모두 한국 근현대사의 정치적 비애들과 얽혀 있는 것들이었다. 이 가수에게는 무슨 말 못 할 사연이 있었나? 그래서 나는 여기저기 자료를 찾아보기 시작했다. 가요 평론과 언론의 기사와 유튜브와 여타 댓글들에서 얻은 정보와 인상들을 나는 메모를 하지 않고도 거의 외울 정도가 되었는데 이제 그 이야기를 하겠다.

　　김정호의 본명은 조용호, 1953년 광주에서 출생했다.

인터넷의 인물 정보에는 여수 경찰서장의 아들로 태어나 광주 수창국민학교를 다닌 것으로 되어 있다. 아마도 부유한 환경이었을 것이다. 물론 겉으로 그렇다는 것이다. 내가 읽은 어떤 댓글 하나는 영화 <서편제>가 그의 어머니를 소재로 했다고 말한다. 그래서 가수 김정호와 마지막 인터뷰를 했던 가요 평론가 박성서의 <인터뷰 - 김정호를 말한다>가 전해주는 다음과 같은 말은 전혀 예사롭지 않다.

> <서편제>의 큰 줄기이자 창작 판소리의 창시자로 일컬어지던 월북 소리꾼, 박동실 선생이 바로 그의 외할아버지다. 월북으로 인해 그의 존재는 판소리사에서 한때 묻혀져 있었지만 박동실은 명창 김소희와 박송희 등을 키워냈던 인물로 김정호의 어머니인 박숙자 여사와 함께 '아성극단'을 만들어 만주나 상해 등지로 공연을 다니기도 했던 '명인'이었다.

다시 말하지만 그는 1953년에 태어났다. 한국전쟁이 휴전 협정을 맺으며 종료되는 때가 1953년 7월이다. 이때까지 이념 갈등으로 인한 민간인 학살이 계속되고 있었고, 지리산 일대에서는 빨치산 토벌이 아직 끝나지 않고 있었다. 한반도가 온통 좌우 가릴 것 없이 눈이 뒤집혀 있던 시절에 가장 열악한 상황에 처한 것은 관객을 찾아 떠돌아다니는 유랑 예인들이었을 것이다. 여기서 보면 김정호의 정서적 본적지가 보인다. 그러니까 '서편제'의 명인 박동실은 딸을 데리고 극단을 만들어서 북간도 일대를 떠돌다가 6·25를 맞자 월북을 택했다. 이때 집안이 풍비박산이 났을 것은 말할 것도 없다. 그리하여 뒤에 남겨진 딸은 경찰 고위 간부의 작은 부인이 된다. 전쟁 때 이런 상황에 처한 여성은 아무렇게나 죽임을 당할 수도 있고 반대로 아무렇게나 뜻하지 않은 '살림'을 당할 수도 있었다. 김정호의 어머니 박숙자 여사가 어떤 경우에 속했는지는 알 수 없다. 다만 박숙자 여사는 과거의 행적을 등지고 외가로 들어가 여염집 여자처럼 숨죽인 채 살았으며 그 자녀들은 서자의 고통과 상처를 얻었다. 김정호가 나중에 예명을 지을 때도 제 성씨를 쓰지 않고 김가를 택한 데는 어쩌면 이 기억이 작용했을지 모른다.

어쨌든 그는 초등학교 1학년 때 뇌염을 앓아서 죽을 고비를 넘겼는데 웅변은 잘했다고 한다. 이 같은 사실은 누가 기억했다가 왜 전했는지 모르지만 그 시절의 웅변 대회란 예외 없이 극악한 반공 성토 대회였다. 그래서 이는 그를 한사코 음악과 떼어놓으려 했던 어머니의 일화처럼 슬픔을 동반한다. 그래도 끝내 고등학교 때 밴드부 활동을 했다고 하는데, 그때부터 어쩔 수 없이 기타 연주에 빠지게 된 것 같다. 가히 천재적인 재능이었다고 한다. 그리하여 지미 핸드릭스, 산타나, 비치보이스, 비틀스, 템테이션 등의 레퍼토리를 섭렵하고, 임창제와 함께 선배들의 야간 무대에 진출했다. 하지만 대마초 파동으로 그는 절정의 시기를 불과 5년 만에 접은 채 방황과 좌절 속에서 허송해야 했다.

김정호의 노래 인생에서 주목할 것은 슬프지 않은 노래가 단 한 곡도 없다는 사실이다. 특히 그가 죽기 전에 부른 노래들은 비장미의 한 경지를 보여준다. 옛 트로트의 단조로운 선율 속에 가득 담긴 지난날에 대한 회한, 이건 귀가 듣는 노래가 아니라 인생이 움직여서 따라다니게 되는 노래이다. 어쩌면 그는 이 노래들을 연습도 하지 않고 녹취했을 것이다. <불효자는 웁니다>는 절반이 가창이 아니라 울음이었다. 어쩌면 봉건 체제와 끝까지 화해할 수 없었던 김병연이 전 생애를 삿갓 밑에 감춰버렸던 것처럼 그는 자신을 통기타 뒤에 숨겨버렸는지 모른다. 김정호는 분단 체제하에서 단 한 점의 웃음도 남기지 않고 울분을 토했는데, 그가 남긴 생애 마지막 곡 <님>을 내 귀는 트로트도 아니고 포크도 아니며 판소리도 아닌 그 모든 것을 뭉뚱그린 소리로 들었다. 그것은 조선 고유의 장르가 탄생하기 직전의 음악이었을 것이다.

    결론적으로 말해서, 흡사 판소리와 식별이 안 되는 김정호의 옛 노래들 때문에 나는 낯선 나라에서 나의 지난날을 한없이 되돌아보고 다시 나아갈 수 있었다. 그의 무덤 앞 노래비에 새겨진 노랫말은 그래서 더욱 슬프다. ……때가 되면 다시 필걸, 서러워 말아요…….

1부   유행가 지대

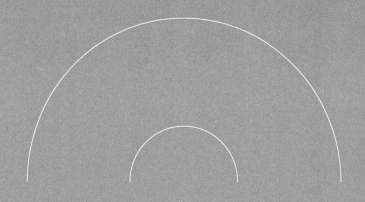

유행가 지대

세상에는 교양의 통치가 미치지 못하는, 거칠고 삭막한 야성의 지대가 있다. 그곳에서 인간은 허위와 기만의 지배에서는 해방되나 원초적이고 노골적이어서 매우 유치한 존재가 된다. 그리고 인간의 감정은 안 익고 설어서 풋것으로 교환된다. 이성과 지식과 윤리의 힘으로 가공되거나 다듬어질 틈이 없이 거의 날것인 채로 사용되는 것이다. 대부분의 유행가는 그러한 지대에서 산다.

이렇게 말하면 유행가를 저속한 문화 현상으로 깎아내

리는 사람들이 있을 것이다. 식자층에는 유행가의 번식을 '반(反)교양적인 현상'으로 보는 이들이 허다하다. 이미 시대가 왜곡하고 제도 교육이 훼손한 것을 막을 길은 없다. 하지만 저잣거리에서 뒹구는 대부분의 사람들에게 유행가는 그들의 경험과 세계를 축적하는 강력한 사회의식의 한 형태이다. 다음은 내가 쓴 단편소설 「나뭇잎 옷을 입은 거짓말쟁이」의 한 대목이다.

> 학창 시절에 우리는 선배들이 타고 떠난 근대화의 막차에 속하는 문화를 이상한 낭만주의로 삼아 즐기곤 했었다. <좆나게 달려라>는 톰 존스(Tom Jones)의 <킵 온 러닝(Keep on running)>을 이르는 것이고, <워메 잘난 우리 순이>는 씨씨알(C.C.R)의 <프라우드 메리(Proud Mary)>를 일컬으며, <와따 좋은 거 일요일>은 다니엘 분(Daniel Boone)의 <뷰티풀 썬데이(Beautiful sunday)>를 말하는 것이었는데, 녀석은 어쩜 그리도 과거만 파먹자 하는지 틈만 나면 싸구려 LP판과 함께 살아온 불멸의 고고 시대로 돌아가려 했다. 그리고 그러한 다음에는 꼭 이승을 비관했다.

이러한 현상이 과연 바람직한가 하는 것은 전혀 다른 차원의 문제에 속한다. 세상에는 불가피하게 무질서의 지대가 있고 인간의 내면은 더욱 그렇다. 모든 강이 상류와 하류를 갖는 것처럼 모든 개인에게도 고상한 감정과 원초적 감정, 고급을 선망하는 지성의 샘과 생명 현상을 방류하는 하구가 있다. 기쁨이라든가 슬픔이라든가 혹은 분노라든가 연정이라든가 하는 따위의, 존재의 밑바닥에서 용솟음쳐 나오는 통제하기 어려운 감정 분출 앞에서 교양적 논평은 때로 모독이 된다. 누구나 고상한 예술의 상태로 살기를 원하지만 그것이 안식을 보장해주지는 않는다. 본능적으로 고향에 가고 싶거나 헤어진 연인이 견딜 수 없이 떠오르거나 마음의 상처가 덧나기만 할 때는 시까지도 그 노골성의 무게를 감당하지 못한다. 여기서 우리는 불현듯 삶의 뒷골목에 있는 유행가 지대에 대한 인문학적 탐색이 필요하다는 것을 깨닫게 된다.

유행가는 본래 근대의 산물이고, 우리는 이 근대라는 괴물이 이 땅의 사람들에게 입혀온 역사의 상처와 함께 자랐다. 한국에서의 '근대'가 얼마나 잔인한 폭동의 길손이었는지를 증명하는 것은 어렵지 않다. 일본 제국주의를 데리고 와서 유교적·봉건적 세계의 정신을 파괴하고, 지상의 질서를 가치의 개념으로가 아니라 경제의 개념으로 재편했다. 그리하여 모든 일의 척도를 착함이 아니라 이익에서 찾고, 개별 이익이 공동의 선을 파괴해버렸다. 레코드도 그렇게 들어왔고 유행가도 그곳에서 태어났다.

나는 성장기의 대부분을 유행가의 지대에서 보냈다. 그래서 「눈먼 가수의 길」이라는 시를 쓴 적이 있다.

어릴 때는 어린 노래가 있었다
담양에 가면 외항선을 타던 선배가 양담배를 피우며
항구의 노래를 들려주고는 했다
벽지의 골방에도 시골 논둑에도
노래가 가득 차서 천지는 푸르고
기분 나면 읍내 관방천 토끼장까지 찾아가
흘러간 노래를 붙들고는 했다
생각난다 길이, 그 수많았던 길의 얼굴들이
가난과 독재, 실패한 연애의 계절에도
노래는 우거지고
나무도 잎새도 그 위의 하늘도
선율로 가득한 젊음이 끝나도
목 쉬어 우는 소멸의 노래가 다시 살아나
풀잎 시든 벼랑에도 메아리가 있었다
자살한 친구의 수첩에도 그 발자국이 있었다
세상은 가도 가도 악보의 지붕들 전봇대들 도로들

얼마나 먼 곳, 우브르항가이에서도
늙은 아낙네가 소녀 쩍에 배운 이별가를 부른다
아, 케이프타운 뒷골목 검은 황혼에도 사랑이 흘러
노래는 내내 저물지 않고

이제 그 이야기를 시작하려고 한다.

2부

어릴 때는
어린 노래가 있었다

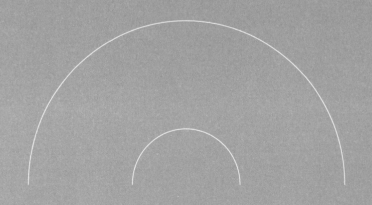

하나,
주막집 앞 유랑극단

나를 키운 건 팔 할이 유행가였다

때는 1950년대가 저물어가는 궁핍의 시대였다. 장소는
전라도 함평 지방의 '문장'이라는 시골 장터. 인근 몇 개 면을 포
괄하는 장터에 왕골돗자리 전이 생겼을 때의 일이다. 널찍한 마
당가에 소박한 선술집이 하나 들어서 밥과 술을 팔게 된다. 언
젠가 떠돌이 영화사를 따라다닌 적이 있다는 김가네의 주막이
었다. 그 집에는 늘 연예인들이 붐볐다. 봄이 되어 얼음이 녹기

시작하면 서커스단이 오고, 여름에는 떠돌이 영화사가 머물며, 가을에는 약장수 굿, 겨울에는 국극단이 와서 한 철씩을 묵었다. 그리고 그 사이사이로는 쇼단이 지나가거나 명창 고수가 흘러들어 와서 북이나 창을 가르치다 갔다. 한 시절 풍운의 꿈을 꾸었다가 변방으로 몰려 겨우겨우 옛날이나 추억하게 된 철 지난 연예인들이 바람 따라 세월 따라 강물처럼 굽이쳐왔다 사라져가곤 했던 것이다. 유랑 연예인들은 밥값을 내면 숙박비가 공짜였으므로 짐만 풀면 금방 한 식구가 되었다. 이래저래 김가네는 연중 유행가 가락에 파묻혀야 했다.

이 김가가 바로 우리 아버지, 생전에 함자를 용(用) 자 채(彩) 자로 쓰시던 분이다. 나는 우리 집에 이런 난장이 벌어지기 시작한 두 해째에 나서, 한 10년쯤 뒤 그러니까 우리 마을에 근대식 여인숙과 극장이 생길 때까지 온통 그네들의 손에 옮겨 다니며 자라다시피 했다. 두말할 것도 없이, 셀 수 없이 많은 유행가들이 내 영혼의 양식이 되었다. 물론 다 기억나는 것은 아니다. 그러나 유복하게도 한국의 유행가가 형성될 무렵의 노래들을 내가 거의 원단에 가깝게 당사자들의 입을 통해서 들었던 것은 사실이다. 떠돌이 영화사가 들어오면 끝도 없이 유행 창가가 쏟아져 나오고, 국극단이나 약장사 굿이 오면 신민요 타령이 넘쳤으며, 서커스단이 오면 재즈에 절었다. 공교롭게도 한국에 대중가요를 발흥시킨 이 세 가닥의 흐름을 유년기에 맛보았으니 서정주의 문법으로 '나를 키운 것은 팔 할이 유행가였다'고 말해도 된다.

생각해보면 유행가가 발생한 지 30년이 지난 후였는데 어떻게 해 훼손되지 않은 원단 조각들을 접할 수 있었는지 모르겠다. 거기서 내가 잊을 수 없는 것은 신식 창가의 구슬픔이다. 나는 기억한다. "너의 희망이 무엇이냐"(<희망가>)와 "돈도 명예도 사랑도 다 싫다"(<사의 찬미>)만큼 처량한 노래는 없었다. 이 노래를 부르는 사람은 어김없이 술에 절어 있었는데 내가 그것을 눈여겨볼 줄 알게 된 까닭은 역시 그 형에게 있다.

이문구의 소설 「유자소전」에 나오는 '유자'를 닮은 형이 우리 동네에도 있었다. 일명 이풍진 형. 시골 장터에서 아버지를 잃은, 가난한 집의 장남이라면 상상이 될 것이다. 그 형은 우리 집 앞에 가설극장이 들어서면 고맙게도 매번 와서 잔일을 도맡곤 했다. 사실 가설극장만 세워지면 우리 집은 얼마나 바빴던지 학교에서 수업 중인 누나까지 불러왔다. 한번은 누나가 나를 등에 업고 학교에 갔다가 내가 하도 우는 바람에 집에 돌아와보니 유랑극단이 와 있었다. 어머니가 반색을 하며, 부르러 갈 사람이 없던 차에 잘됐다고 누나의 학업을 방해한 나를 칭찬했다. 이렇게 우리 집은 앞뒤 가릴 틈 없이 바빴다. 그럴 때 구원처럼 나타나곤 했던 일손이 이풍진 형이었으니 남들은 흥을 봐도 우리는 좋아했다. 그 형은 심부름을 한 대가로, 미성년자인 주제에 마치 유랑 연예인들과 한패인 것처럼 천연덕스럽게 끼어서 포스터를 붙이고 혹 포장을 찢는 사람들이 있는지 순찰 도는 일들을 했는데, 입에 늘 유행가를 달고 다녔다. 그 형의 아호를 어머니가 '이풍진'이라고 붙여준 까닭이 여기에 있다. 왜냐하면 매번 "이 풍진 세상을 만났으니"가 먼저 오고 나서 그 뒤에 얼굴과 몸통이 나타났기 때문이다.

첫발자국은 스캔들로

인간의 영혼이란 참으로 고집스러운 것이기도 하다. 내가 청년이 되었을 때 다시 이풍진 형과 어울리기 시작했는데, 그때도 형은 <사의 찬미>가 십팔번이었다. 도대체 왜란 말인가? 나는 이풍진 형이 이 유행가에 담긴 비극적 스캔들을 동경했다고 본다. 장미희를 주연으로 한 영화가 나와서 익히 아는 터이지만, 윤심덕이라는 신여성이 김우진이라는 유학생(불행히도 그는 기혼이었다)을 사랑한 끝에 출구가 보이지 않는 상황에서 러시아의 애상적인 곡 <푸른 다뉴브강의 잔물결>에 손수 가사를 붙여 취입한 비련의 노래가 바로 <사의 찬미>였다. 시대적 교양을 한창 앞서가는 외국 가곡이 식민지 조선의 하류 문화에 합류된 사정을 당대 민간 정서를 감안하지 않고서는 설명할 길이 없다.

　　일제강점기를 통틀어 한국 민중의 저항을 상징하는 운동은 1919년에 있었던 3·1운동이다. 3·1운동은 실패했지만 많은 민중을 격앙케 하여 반일 사회운동의 기운을 점증시킨다. 아마 이것이 폭발했던 지점이 1926년일 것이다. 4월에 조선의 마지막 임금(순종)이 세상을 떠나자 전국의 지식인과 학생들이 장례식(6월 10일)을 겨냥하여 대대적인 시위운동을 조직했다. 그러나 계획이 발각되어 주모자들은 검거되거나 피신하고 만다. 그리하여 장례식날 운구 행렬이 창덕궁을 출발하자 학생들을 주축으로 한 시위대가 만세를 외쳐보지만 수백여 명이 체포되고 많은 인명이 부상당하는 것으로 진압된 것이다.

　　이 좌절은 한국 민중의 정서를 황혼에 젖게 했다. 웃고 다니는 사람은 매국노처럼 보였고, 비탄에 잠긴 사람은 암울한 현실을 아파하는 것으로 보였다. 나라의 비운은 공동체의 정서를 하나로 묶는다. 일제의 압제에 노래마저 제대로 부를 수 없는 현실에서 사람들은 모든 명랑성과 유쾌성을 잠재우는 침통의 마음을 드러낼 대리물을 찾았을 것이다. 윤심덕은 이러한 때

비극적 '스캔들'을 만들었다. 1926년 8월 5일 자 『동아일보』가 '현해탄 격랑 중에 청춘남녀의 정사'라는 제목의 큼지막한 사건 기사로 대서특필했다. 문학청년 김우진과 성악가수 윤심덕이 관부연락선을 타고 귀국하던 중 동반 투신 했다는 내용이었다. 사람들은 윤심덕의 마음이 담긴 황량한 노래를 가수의 의도에 상관없이 나라를 잃은 데 대한 국민적 조곡으로 대용(代用)했다.

어쨌거나 이풍진 형이 즐겨 부른 <희망가> <사의 찬미>와 같은 노래들은 절망과 허무주의가 팽배해진 일제 치하에서 당대를 허무적·영탄적·비극적으로 반영했는데 우리의 유행가가 첫발자국을 이렇게 뗄 수밖에 없었던 것은 필연이었다. 당시 노래들은 서양 악조의 가요라는 점에서 아리랑 같은 우리의 전통 가요와 차이가 있으나 부분적으로 민족의 정서인 한을 수용하고 있다는 점에서 닮아 있었다. 당연히 그것이 뒷날 우리 유행가의 주류가 되었다.

<시의 찬미> 가사지, 1926년 ⓒ 한국대중가요연구소

둘,
우리 유행가의 시작이 된 노래들

주막집 연예인들

다시 말하지만 유랑극단이 하숙을 하게 되면 우리 집은 온통 난리 속이 되었다. 그런 틈바구니에서 내가 다섯 살 정도 먹었을 무렵이다. 하루는 선전원 아저씨가 방구석에 커다란 종이를 펼쳐놓고 페인트 붓으로 글씨를 그리고 있었다. 떠돌이 영화사들은 언제나 인쇄된 포스터가 모자랐으므로 손으로 대자보를 써서 선전물을 대신할 수밖에 없었다. 선전원 아저씨가 붓

질할 때마다 한껏 멋을 부린 빨강, 파랑의 글씨들이 만들어졌다. 영화 제목이며 주연배우들의 이름이 써질 때면 좌중에서 추임새를 넣듯 따라 읽었다. 그러다가 다들 딴생각들을 하고 있었던지 잠시 침묵하는 틈을 타서 내가 추임새를 넣었다. 글씨도 모르면서 그냥 해본 것이었다. 그런데 우연하게도 무려 세 글자를 맞혀버렸다.

"이, 예, 춘."

지금도 잊히지 않는다. 첫 자는 귓바퀴 안에 찍히지 못한 것 같고 '예'와 '춘' 두 자는 분명히 내 고막을 넘어와 내면 깊숙이에 찍혔다. 바로 뒤이은 멍한 공백과 아저씨들의 과장된 환호도 함께.

그날부터 나는 어린 나이에 벌써 글씨를 읽을 줄 아는 '수재'로 오해되어 우리 집 연예인들의 귀여움을 독차지하게 된다. 지금에 와서 그따위 행운이 무슨 추억거리가 되겠는가. 그러나 아, 그 방의 분위기! 정녕 놓치고 싶지 않은 것은 그 농도 짙은 '꾼'들의 문화이다. 인간이 가진 본연의 감정에 실오라기 하나도 걸치지 않은 듯 표현이 자유분방하면서도 경계가 분명하고, 우울하면서 유쾌하며, 심하게 과장되어 있으면서도 이루 말할 수 없이 솔직한 그들의 직접성. 나중에 안 일이지만 그들에게 고유한 정서가 꼭 그랬다. 자기들의 인생이 세상의 막다른

골목에 들어서 있다는 심한 좌절감과 데카당스를 가지고 있었던 것이다.

그것이 영화 패가 아니라 쇼단의 사람이었을 때는 더욱 심했다. 나는 그들의 체취를 벅찬 세월의 힘을 빌려서도 다 씻지 못했다. 꿈에서 본 것도 누구에게서 들은 것도 아니요, 환영인지 어쩐지도 정확하지 않지만, 그 방의 아저씨들이 비 오는 날 모여 빗방울보다도 더 사납게 이빨들을 부딪쳐가며 싸구려 활자처럼 찍어내던 딴따라 사람들의 전설이 마치 나의 일처럼 기억 속에 남겨놓게 된 것이다. 풍운아들의 스캔들과 흥망성쇠에 대해서, 특히 일제강점기에 출현한 인기 스타들이 해방을 거치면서 어떻게 퇴락의 길을 갔으며 그 말로가 얼마나 비애에 찬 것이었는지를 나는 틀림없이 들었다.

그 추억들에 기대어 논평하는바, 나는 한국의 지식인들이 우리 유행가의 수준을 너무 낮잡아 본다는 혐의를 오랫동안 지우지 않고 살았다. 근대적 여명기의 유행가들이 아무런 음악적 기초도 없는 사람들에 의해서 불리기 시작했다고 치부하는 것은 상당한 잘못이다. 초창기의 유행가만 하더라도, 루마니아 작곡가 이오시프 이바노비치의 원곡에, 김우진의 시를 입힌 것으로 시작되었다. 그것도 월탄 박종화의 「사의 예찬」보다 결코 수준이 낮지 않은 가사를 붙여 노래한 윤심덕의 <사의 찬미>가

싸구려 음악이었다고 볼 수 있을까? 그것이 본격적인 대중가요가 아니었다고 한다면 (윤심덕은 직업적 대중 연예인이 아니었으므로) 공인된 대중가수 1호 채규엽도 그렇다. 그는 중학 시절에 이미 독일인에게 음악을 배우고 도쿄의 중앙음악학교 성악과를 졸업한 뒤 1928년에 서울에서 바리톤 독창회를 가졌다. 장안의 기생들이 최초의 오빠부대를 결성한 데에는 인물도 한몫했지만 음악적 소양이 더 컸다. 한마디로 재주만 있고 기초는 없는 싸구려들이 아니라 엄격한 제도교육을 통해 훈련된 수준 높은 성악가였던 것이다. 어쩌면 그러한 것들에 대한 게으른 지성의 얄팍함이 더 문제였는지 모른다.

더불어, 야속한 일이다. 우리 유행가의 출발점 언저리는 지금도 안개 속처럼 희미하다. 이것이 분단과 관련된다고 생각하는 사람은 많지 않지만 어쩔 수 없는 일. 많은 노래가 월북 혹은 납북자의 것이라 하여 후대에 오면서 부당하게 가사가 바뀌거나 아니면 작사·작곡가의 이름이 둔갑되거나 심하게는 노래 자체가 소실되어갔다. 원조 가수 채규엽도 그런 경우의 하나이다. 당대에서 최고의 인기를 누리며 소위 왜색 가요를 처음 이 땅에 퍼뜨렸던 그도 가요에서의 성공과 인생에서의 실패로 세상을 시끄럽게 하다가 1949년에 마침내 월북했다. 우리 역사에서 최초의 '오빠부대'를 만들어낸 그는 너무나 많은 연인들을 양

산했다고 한다. 권번 기생들을 비롯한 봉건적 화류계 문화 앞에
자본주의 시장이라는 신세계가 열렸기 때문에 생겨난 현상이
아닐까 한다. 어쨌든 그의 월북은 이념 탓이 아니었지만 남한에
서 그에 대한 추억은 곧장 금지되었고, 그의 유행가는 음지의
것이 되었다.

　　최근에 책자를 뒤지다가 채규엽의 노래 중에 <메리켕
항구>가 있다는 것을 알았다. 몇 번 들어본 노래 같아서 설날
고향에 가 풍류를 아는 형들에게 물어봤더니 아는 이가 없었다.
월남전에 참전했거나 뱃사람으로 외항선에 올라봤거나 하는,
세상으로부터 심하게 마음의 상처를 입어 '걸어 다니는 폐허'가
되다시피 한 사람들이 즐겨 부르던 그 노래 역시 분단에 찢겨
폐허가 되었다.

부르면 잡혀가는 조선의 세레나데

　　생각해보면, 우리의 대중가요사도 땅 위에서 100년이
흘렀다. 그 100년을 숱한 사람들이 흘러갔고 그들이 노래에 담
아 불렀던 감정들도 흘러갔다. 그런데 그 강물 같은 감정들을
어찌 사회의 빛깔, 역사의 빛깔과 떼어서 생각할 수 있을까?

『시경(詩經)』에 이런 구절이 나온다는 말을 듣고 내가 언젠가 메모를 해둔 적이 있다.

治世之音 安以樂 其政和(치세지음 안이락 기정화)
세상이 잘 다스려질 때의 노래는 편안하고 즐거우니 그때의 정치는 화애로우며
亂世之音 怨以怒 其政乖(난세지음 원이노 기정괴)
세상이 어지러운 때의 노래는 원망하고 노여우니 그때의 정치는 잘못되어 있고
亡國之音 哀以思 其民困(망국지음 애이사 기민곤)
나라가 망할 때의 노래는 애처롭고 생각에 잠기게 하니 그때의 백성들은 곤궁에 빠져 있다

이 당연한 사실은 우리에게 "사랑을 잃어버린 소녀는 그 슬픔을 노래할 수 있지만 돈을 잃어버린 수전노는 그 슬픔을 노래할 수 없다"는 러시아의 혁명 사상가 플레하노프의 명제를 상기시킨다. 시대적 보편성이 없는 감정을 대중 앞에 내세우는 일은 어떤 인간에게도 쉽지 않다. 세상의 눈이 형형하다는 것은 얼마나 위안이 되는지 모른다. 떳떳하지 않은 일은 누구든 몰래 할 수밖에 없는데 유행가는 대중을 피해서 사는 것이 아니라 오

히려 대중의 상식에 기대어서 산다. 그래서 유행가가 시대 정서로부터 배척받지 않기 위해서 선(善)을 가장할지언정 대중의 감정을 등지지는 못하는 것이다. 까닭에 언제나 해당 시대의 권력으로부터 직접 통제를 받고 그들의 손에 의해 부양될 수밖에 없는 체제 순응적 운명을 갖는 유행가도 대중이 공감해주지 않을 때는 어쩔 수 없이 체제에 저항할 수밖에 없게 된다. 왜냐하면 그것의 부양인에게 길들여지기 이전에 '자기를 낳아준 시대'가 부여한 숙명 때문이다.

아마 그래서일 것이다. 옛 자료를 뒤지다 보면 심심치 않게 그러한 기록들을 접할 수 있다. 가령 총독부 어용신문이었다는 『경성일보』 1934년 2월 2일 자에는 다음과 같은 뉴스가 실려 있다.

작년 5월 단속규칙이 제정되어 일반 출판물과 마찬가지로 검열단속을 시작한바, 예측대로 불량 레코드가 속속들이 발견되었다. 작년 말까지 약 1개월에 걸쳐 치안과 풍속을 해치는 것이라고 인정되어 행정처분을 당한 것이 44종에 7천여 매에 달했다.

여기서 '단속규칙'이란 총무부 경무국이 1933년 5월에

만들어서 공포한 '레코드 단속규칙'을 말한다. 일제는 당시에
이 실무를 도서과에 전담케 하고, 이듬해 3월 '개정 출판법'을
만들어 기존의 단속을 더욱 강화, 보조케 했다고 한다. 이는 일
제강점기의 유행가가 한국 사람들의 절망과 슬픔과 반항심의
기초 위에서 자라난 것이었음을, 그래서 한국 사람들의 보편적
인 정서 자체가 일제에 반대하고 저항하는 분위기일 때 유행가
역시 그래왔음을 보여준다.

　　일제강점기를 통해 비애와 한탄과 폐허의 감상 속에
서 허우적거리는 퇴영적 식민 가요의 한 전형으로 들먹여지던
<황성옛터>도 한편으로는 순종의 죽음을 슬퍼한 조곡이었다.

　　　　황성옛터에 밤이 되니 월색만 고요해
　　　　폐허에 서린 회포를 말하여 주노라
　　　　아 가엾다 이 내 몸은 그 무엇 찾으려고
　　　　끝없는 꿈의 거리를 헤매어 있노라

　　작곡가 전수린은 '연극좌'라는 단체의 일원으로 자신의
고향인 개성에 공연하러 갔다가 실로 처참한 느낌을 받았다고
한다. 여기서 일제 침략이 식민지 민중의 근거지를 박탈해 간
결과에 대해서 이야기한다는 것은 새삼스러우리라. 그 참혹한

느낌을 전수린은 왕평이라고 하는 동행인에게 전해서 작사와 작곡이 이루어지게 했고, 또 막간 무대에서 이애리수라고 하는 애상적인 음성의 여가수에게 부르게 했다. 이 노래가 1932년 빅터레코드를 통해 세상에 나왔을 때 많은 사람들이 눈물을 흘렸다고 한다. 그래서 총독부는 나라를 잃은 민족 정서를 일깨우는 노래라며 금지령을 내리고 당대의 민중은 또 <황성옛터>를 부르다가 검거되어 즉결 처분을 받으면서도 끝없이 애창하여 일제하 최고의 유행 기록을 남겼다.

셋,
우리 동네 개화 가요

신파(新派)

흔히 서구가 체험한 300년 동안의 근대를 우리는 30년 동안에 살아버렸다고 한다. 그 30년 동안 한국은 정말 시위를 떠난 화살처럼 멈출 새 없이 매일매일 개화의 길을 관통해왔다. 우리의 유행가가 그 찰나 속에서 싹을 틔우고 꽃을 피웠다는 사실은 무한한 연민의 정을 느끼게 한다. 초창기의 유행가들이 당대 대중의 마음 자락과 내밀하게 접촉했던 공간은 농촌이

기보다 도회 혹은 도회화가 진행되는 시골이었다. 방앗간에서 만나고 서낭당에서 헤어지던 '정한(情恨)의 질긴 섬유질'의 정서로 개화된 삶을 동경한 사람들은 끝없이 신파를 생산하고 소비했다. 그러나 그들보다 세상의 속도가 빨랐으니, 거듭 유입되는 '모던 문화'로 인해 신파는 출현하자마자 곧 구파(舊派)가 되어 '미학적 봉건 잔재'의 오명을 썼다. 우리의 문화사에서 그 소중한 체험이 간과되는 것은 가슴 아픈 일이다. 다음은 내가 젊은 날 민방위 교육장에서 들은 얘기이다.

언젠가 전기에도 보릿고개가 있었단다. 일제가 물러가고 해방이 되자 북한에서 단전을 하게 되고, 전기 사정이 좋지 않은 남한은 깜깜한 별나라가 되는데, 이것이 제1차 경제개발 5개년계획을 낳는 시대적 배경이다. 서기로 1964년이니 내 나이는 우리식 셈으로 여섯 살이 된다. 물론 이때가 겨우 개발계획이 시작되는 해일 뿐 곧바로 잘살게 되는 것은 아니다. 전기 보릿고개는 내 나이가 일곱을 넘고 여덟, 아홉이 되는 동안에도 계속되었다는 얘기가 된다.

그러던 때, 서울을 위시하여 서서히 전기가 보급되기 시작하자 때아닌 계몽 사업이 벌어져 공무원들이 여간 애를 먹지 않았다.

"주민 여러분! 전기로는 담뱃불을 붙일 수 없습니다. 할

아버지, 할머니! 전구 소켓에서는 불이 나오지 않습니다!"

전기의 원리를 이해하지 못한 할아버지들이 담뱃불을 붙인다고 하도 자주 합선을 시켜놓는 바람에 이 계몽은 2년이 넘어도 끝나지 않았다고 한다.

아마 나라 한쪽에서 이런 진풍경이 벌어지고 있을 때일 것이다. 나는 영화사나 쇼단 따위가 아닌, 즉 외지에서 흘러들어 온 노래가 아닌, 우리 마을 어른들의 노래를 처음으로 듣게 된다.

노다지 노다지 금 노다지
노다진지 칡뿌린지 알 수가 없구나
금 당나귀 나올까 기다렸더니
칡뿌리만 나오니 성화가 아니냐
엥여라차 차차 엥여라차 차차

이 노래의 제목은 <눈깔 먼 노다지>이다. 이렇게 촌스러운 노래를 어떤 사람들이 불렀으랴 하고 웃겠지만 사실은 제법 한가락씩 하는 사람들이 좋아했다. 그러니까 우리 문장 장터에 고물상 조합이라는 것이 있었다. 철공소, 철물점, 자전거포, 시계방, 소리사 등 쇠붙이로 된 물건을 다루는 이들이 장터 경제를

휘어잡기 위해 만든 모임이었는데, 이들이 가끔 우리 집 큰방을
빌려서 썼다. 물론 유랑극단과 겹치지 않는 한도 내에서였다. 그
런데 고물상 아저씨들은 요술쟁이처럼 가지고 있지 않은 것이
없고 만들 수 없는 것이 없었다. 그래서 그들과 가까이 지내다
보면 난데없는 횡재가 생기고는 했다. 우리 집도 그랬다.

　　어느 날 '빵꾸집'(그 시절에는 시골에 있는 자동차 정비업소를
타이어 '펑크'를 떼우는 집이라 하여 빵꾸집이라 불렀다)으로부터 하얀
전기선이 빠져나와 우리 집에 연결되고 그 자리에 네모난 소리
통이 하나 부착되었다. 수도 파이프에서 물이 흘러오듯이 목소
리가 흘러와서는 노래가 된다는 스피커였다. 책갈피를 펼쳐놓

악기 레코드 판매점 '장흥상회' 간판, 1930년대 ⓒ 한국대중가요연구소

은 것 같은 크기의 이 소리통은 빵꾸집에서 한 번 달아주고 가면 켜거나 끌 수만 있지 다른 기능은 전혀 할 수가 없고, 또 역시 그 빵꾸집 사람이 틀어주는 노래만 들을 수 있을 뿐 다른 선택의 여지는 없는 것이었다. 그래서 그곳에서는 언제나 비슷한 종류의 노래만 나왔다. 이른바 신민요!

　　나는 당시 고물상 아저씨들이 왜 신민요를 좋아했는지에 대해서는 모른다. 다만 농경사회에서 무슨 교육적 혜택에 의해 고물상이 된 것도 아니고, 당대의 문화를 주도했던 양반 곁에도 가보지 못했던 탓에 기술을 배웠기가 십상이었을 그들이기 때문에 대안 문화를 못 가진 졸부로서의 한계가 분명했을 터

이다. 아마도 판소리는 어렵고 재즈나 유행 창가는 너무 새로웠으리라. 당연히 어렵지도 않고 낯설지도 않은, 전(前) 시대 민중의 타령과 잡가류의 핏줄을 이어받은 신민요야말로 그들의 입에 달고 다니기가 안성맞춤이었으리라. 특히 원명이 <눈깔 먼 노다지>였다던가 하는 그 '노다지 타령'은 말뜻을 알고 부르자면 하도 기가 막혀 웃음이 안 나올 만큼 실감 나게 그들의 문화를 반영한다.

그런데 노다지, 금 노다지라!

기록에 보면 '금광'에 취직하는 것은 당시 서울 사람이 가장 선망하는 고급 직종이었다. 일제 통치는 강고하고, 서구 자본주의와 근대 문명은 걷잡을 수 없이 밀려와 식민지의 청춘들을 유혹하건만 누구도 갈증을 채울 수는 없었으니, 그 이중성에 허덕이는 젊은이들에게 부를 상징하는 물체가 금이었다. 『조선일보』 1932년 11월 9일 자에는 다음과 같은 만평이 나온다.

모든 광(狂) 시대를 지나서 이제는 황금광 시대가 왔다. 금광, 금광! 금본의 위화 부족으로 위세가 폭락된 바람인지 그런 까닭에 금광 허가를 선뜻선뜻 내어주는지 너도 나도 금광 금광 하며 리욕에 귀 밝은 량인들이 대소동이다. (……) 금땅 위에서 사는 우리는 왜 요다지도 구차한지?

이 같은 풍자로 당시의 풍속사를 실감케 하는 '만문만화'를 연구한 학자 신명직은 『모던뽀이, 경성을 거닐다』(현실문화, 2003)에서 이렇게 분석한다.

> 미국 대공황은 경제적으로는 자본주의의 파산을 예고하는 듯했고, 정치적으로는 파시즘을 낳았다. 제2차 세계대전의 원인이기도 한 대공황은 세계를 송두리째 위기로 몰아넣었다. (……) 대공황, 전황, 불경기는 조선의 모든 풍경을 바꿔 놓았다. (……) 김유정의 「금 따는 콩밭」이나 이태준의 「영월영감」에서 볼 수 있는 1930년대 금광 열기의 원인을 위의 만문만화들은 선명하게 보여준다. (……) 유럽 금융공황에 이어 1931년 9월 영국의 금본위제 정지에 이르는 일련의 전 세계적 금융공황으로 조선 사람들(이) (……) 전 국토가 마치 금광이라도 되는 듯 금을 캐고 있는 풍경은 다급해진 식민지 근대의 위기상을 대변할 뿐이다.

이때 '노다지'란 풍부한 광맥을 뜻하는 말로 굳었지만 그 어원을 알고 보면 기가 막히다. 노다지라는 말은 원래 1890년대부터 평안도 각지의 금광 채굴권을 독점하고 막대한 귀금속을 가져간 미국인 자본가가 금을 발견했을 때마다 내질렀던 영어였다. 당시에는 용광로가 없어서 금을 그대로 채굴할 수밖에 없었는데, 의심 많은 '양놈'들이 금이 나올 때마다 달려와서는 'No Touch'라고 고함을 질렀던 게 와전되었다는 것이다.

장터 졸부들이 유행시킨 신민요

하여튼 마을 행사 때 동네 어른들이 부르던 것으로 보나 또 언제나 유랑극단의 대형 스피커가 아닌 동네 소형 스피커로만 듣던 것으로 보나 신민요는 외래인들이 몰고 온 노래가 아니라 바로 우리 동네 구식 멋쟁이들의 노래였다. 생각해보면, 일제 침략과 더불어 강한 외래 문물이 들어오는 등 한국 사회가 격변의 도가니에 빠지지 않고 정체되었다면 아마 틀림없이 유행가의 형성도 대단히 지체되었겠지만 그랬을 경우의 유행가는 창가나 재즈의 유입 없이 신민요가 독자적으로 길을 내었을지 모른다. 그만큼 신민요의 토양으로서 전통 민요는 이 땅에서 유서 깊게 자리해왔다. 역시 일본의 '신민요 운동'에 촉발되었던 것이므로 반드시 민족적 전통을 자랑할 수만은 없지만 그래도 우리 민중에게 쉽고 친근했던 3박자의 조선 민요조는 특히 기생들을 본격적인 근대 가수로 끌어내면서 당대를 풍미했다. 안으로는 1920년 후반과 1930년 초반의 불과 수년 동안 이동백, 김창환, 김창룡, 임방울, 박녹주, 이화중선 등 당대에 더 이상 호화로울 수 없는 가객들이 폴리돌, 컬럼비아, 빅터 등의 레코드사에서 판소리 앨범을 발표하게 되는 자산의 풍요와 밖으로는 1926년에 나온 나운규의 영화 <아리랑>에 대한 대중의 높은 호응을 배경으로 한국 가요사의 한 근원을 이루었던 것이다.

그 유구한 근원의 첫발자국이 되려고 그랬던가? 한국 가요사에 신민요를 출발시킨 최고의 히트 가요였다는 <노들강변>은 한 편의 가요로서 아직까지도 그 비운을 걷어내지 못하고 세월의 긴장을 견디는 감춰진 유산이 되고 있다.

노들강변 봄버들 휘휘 늘어진 가지에다가
무정세월 한허리를 칭칭 동여매여나 볼까
에헤요 봄버들도 못 믿을 이로다
푸르른 저기 저 물만 흘러 흘러서 가노라

서울의 노량진에서 뱃놀이가 번창했다는 추억을 회고하는 이 노래의 작사가는 그 유명한 만담가 신불출이었다. 다시 한번 우울한 이야기를 하게 되지만, 한국 연예인으로서는 대표

65

적인 사회주의자였던 신불출 역시 월북했으며, 신민요 중에서 또 하나의 공전의 대기록을 남기는 히트곡 '봄이 왔네, 봄이 와'(〈처녀총각〉)의 가수 강홍식도 행방불명이 되었는데 역시 후에 월북했다는 소문이 돌았다.

넷,
유행가, 일제와 싸우다

융합 집단

1920년대 후반에 윤심덕의 <사의 찬미>로 시작한 유행가는 1930년대에 접어들면서 이애리수의 <황성옛터>를 비롯하여 이난영의 <목포의 눈물>, 고복수의 <타향살이>, 김정구의 <눈물 젖은 두만강>, 장세정의 <연락선은 떠난다>, 백년설의 <나그네 설움>, 남인수의 <애수의 소야곡> 같은 트로트의 기념비들을 그칠 새 없이 쏟아놓는다. 식민지 조선을 풍미한 초창기의 가요들이 1960년대 시골 장터를 주름잡던 약장수들의 레퍼토리였다는 사실이 내게는 얼마나 고마운 추억이 되었는지 모르겠다. 아, 그립다. 그 노래들!

오른손에는 확성기, 왼손에는 하모니카, 등에는 큰북, 발뒤축에는 심벌즈를 잡아당기는 끈이 달린 악사(樂士) 복장의 약장수는 "백 년을 다 살아야 삼만 육천 날, 봄 조개 가을 낙지 하며 살다 보면 임자도 모르게 머리카락에 서리 내려!" 이렇게 말씀의 직격탄을 팡팡 쏘아대면서 동네 조무래기들을 쫓고는 했다. "애들은 가라!" 그러나 어떻게 돌아선다는 말인가. 발뒤축이 땅바닥을 쳐서 등 뒤의 심벌즈와 큰북이 울리면 나는 눈동자 하나 움직이지 않고 빨려들곤 했다. 머나먼 세계에서 온 뱀도 보고, 원숭이도 보고, 어떤 때는 독수리도 보았지만, 더욱 중요한 것은 약장수가 풍기던 떠돌이 문화이다. 장터를 떠도는 뽕짝 노래들이 필시 파괴된 공동체에 대한 그리움의 산물이었다는 것을 안 것은 세월이 한참이나 흐르고 나서였다.

한 무리이면서도 서로 뿔뿔이 흩어져 있는 경우를 수열 집단이라고 한다. 사르트르는 이를 버스정류장의 사람들로 설명한다. 여럿이 한곳에 모여서 집단을 이루긴 하지만 서로 내적 연대감에 의존하지 않는 경우를 수열 집단이라 하는 것이다. 그들은 같은 시간에 같은 공간을 누리고 있어도 서로에 대해서 무심한 남남[他者]의 얼굴을 한다. 그와 반대되는 경우가 융합 집단이다. 하나의 집합체를 이루는 구성원들이 내적으로 충만한 연대감을 갖는 경우인데, 이때 구성원들은 전체에 대해서는 동일성을, 옆 사람에 대해서는 동지애를 느낀다. 그 예로 사르트르는 전투적 혁명 집단을 들지만 나는 근대 도시인들과 대비되는 전근대적 시골 사람들에게서 그것을 본다. 이를테면 어릴 때 우리 장터 아이들은 산동네 사람들을 '떼보'라고 불렀다. 집성촌의 사람들이 심하게 무리를 짓는 것이 흥미로웠던 것이다. 그곳의 개체들은 세상을 혼자서 상대하는 낱낱의 존재가 아니었다. 누가 노래를 불러야 할 상황이면 그들 중에 노래꾼이 선발되고, 힘써야 할 자리가 생기면 그 방면의 대표자가 불려 나왔다. 개인의 문제도 중요한 결정은 부락 회의나 문중 회의가 대신했다. 한 사람이 억울한 일을 당해도 재판에 나서는 것은 동네 전체였다. 야밤에 먼 곳까지 구경거리를 찾아다니는 경우는 말할 것도 없고 장을 보러 나올 때나 마을 대항 시합을 할 때도 늘 몰려다녔다.

바로 그러한 융합 집단 안에는 반드시 그들의 공감대를 구축하는 공통의 정서들이 있었다. 그것은 구성원들의 가슴 밑바닥에 잠복해 있다가 이동 중에 합창을 하면 약속이나 한 듯이 터져 나왔다. <경상도 아가씨>나 <울산 큰애기> <울고 넘는 박

달재> 같은 노래들이 그래서 생겼을 것이다. '경상도' '울산' '박달재' 같은 특정 '터전'에 대한 비원이 서린 애착 때문에 말이다.

내가 어렸을 때 우리 장터 사람들도 인근 도시에 공연을 오게 된 인기 가수를 보러 집단 행차를 한 적이 있었다. 그 화려한 도시의 극장 앞에서 태반은 돈이 모자라 표를 사지 못한 채 주변을 배회해야 했다. 그런데 어느 순간 일군의 깡패가 나타나 극장 문을 점거하고는 "문장 사람은 다 들어와!" 하고 외쳤다. 어렸을 때 말썽을 많이 피워 동네 어른들을 힘들게 했다던 사람이 도회지의 깡패 두목이 되어 만들어낸 일화였다. 이 사건은 두고두고 우리 동네 사람들의 애향심을 자극하는 전설로 회자되었다. 당연히 나의 유행가들도 그 속에서 살았던 것들이다.

한 사회가 외부의 간섭을 받아 융합 집단에서 수열 집단으로 전이되는 과정은 슬프다. 가지가 찢기고 살점이 떨어져나가는 자아분열의 고통이 동반되는 탓이다. 훗날 남·북·해외로 흩어진 우리 민족이 찢기기 전 공감대로 가지고 있던 강력한 구심물이 바로 이 같은 유행가로 굳어진 것은 결코 우연이 아니다. 그리고 그것이 유행되는 과정은 집단적 한이 심화되는 과정이었다. 한국 가요 트로트의 사회적 기반은 융합 집단의 '근대적 비애'에 있었음이 틀림없다. 노래의 내용을 들여다보면 능히 그럴 자질이 있었다 할 것이다.

항구와 연락선

　　일제의 수탈과 압박의 시간이 지속되고 쌓이면서 근거지에 대한 박탈감은 여러 형태의 감정으로 나타나게 된다. 일제는 조선인들의 세상에서 자원과 사람을 거두어갔다. 원치 않는 이별은 흔한 일이 되었다. 그에 대한 반항은 늘 근거지에 대한 애착을 갖는 형태로 드러났기 때문에 일제는 조선인들이 '떠돌이 신세'로 느끼는 것을 극구 경계했다. 떠돌이들의 슬픔은 고향을 자각시키고, 단결의 필요성을 일깨운다. 까닭에 조선 사람들의 고향 사랑은 전혀 비정치적인 경우에도 정치적으로 진압되었다. 그것을 보여주는 예가 이난영의 <목포의 눈물>을 둘러싼 설전이다.

　　일제의 압박이 다양한 양상으로 심화되던 1930년대 중반에 어느 신문사에서 자기 지역을 사랑하는 노래 가사를 모집했는데, 여기서 <목포의 눈물>이 당선하여 퍼져가기 시작했다.

　　　삼백 년 원한 품은 노적봉 밑에
　　　임 자취 완연하다 애달픈 정조
　　　유달산 바람도 영산강을 안으니
　　　임 그려 우는 마음 목포의 노래

71

이 노래는 무려 5만여 장의 레코드를 판매하는 경이적인 실적을 올렸으니, 한국 대중가요가 바야흐로 개화기를 맞아 피어나는 전성기의 한 서두를 장식했다고 봐도 좋다. 극히 최근까지도 호남 지방 민중에게 저항적 애환 가요로 불렸던 저력이 향토적 정의감에서 나왔음은 물론이다. 소재가 되고 있는 목포항은 호남 지방의 쌀과 목화가 선적되어 일본으로 보내지는 장소인데, 그것이 "삼백 년 원한 품은 노적봉"에 연결되어 도요토미 히데요시의 조선 침략까지 닿는 대목은 참으로 절묘한 항일의지의 역사화일 것이다. 그래서 일본 순사들은 당시 열아홉 살짜리 학생에 불과한 작곡가를 잡아다가 문초까지 했다. 언젠가 손목인이 방송에 나와, 일제 순사가 "삼백 년 원한 품은 노적봉"이 무엇을 의미하는 것이고 "임 그려 우는 마음"은 무슨 뜻인가를 추궁했던 위기의 순간을 회고한 적이 있다.

> "3절의 '어짓타(어찌타) 옛 상처가 새로워진다'는 임진왜란을 상징하지 않는가?"
> "아닙니다. '삼백연 원안풍(三柏淵 願安風)은 노적봉'으로서 여인의 곧은 절개를 드러내려 한 것입니다."

이 노랫말은 한동안 혼용되어 불렸던지 김정호의 옛 노

래에서는 "삼백연 원안풍은 노적봉 밑에"로 발음되고 주현미가 부를 때는 "삼백 년 원한 품은 노적봉 밑에"로 발음된다. 손목인은 이후에도 <타향살이> 같은 노래들을 작곡하여 외세에게 고향을 빼앗긴 자들의 처량한 신세를 반추하게 했다.

타향살이 몇 해던가 손꼽아 헤어보니
고향 떠나 십여 년에 청춘만 늙어

부평 같은 이내 신세 혼자서도 기가 막혀
창문 열고 바라보니 하늘만 저쪽

고향 앞에 버드나무 올봄도 푸르련만
버들피리 꺾어 불던 그때는 옛날

나라 잃은 민족이 가슴을 저리도록 겪었던 뼈아픈 체험이 '타향살이'였다. 인위적 압력에 의하여 대지에서 밀려난 존재들이 합법적으로 울분을 토할 기회라고는 노래를 하는 순간밖에 없었다. 당시 유행가들이 이 '원치 않은 헤어짐'을 연상시키는 사물, 장소, 현상들을 거명하여 집단의 운명을 상징하는 시대적 언어로 차용한 까닭이 여기에 있다. 특히 '항구'는 수탈과 유랑의 자리, 만남과 헤어짐의 자리, 근거지를 박탈당한 자들이 마지막 미련을 묻고 간 자리요, '연락선'은 그들의 운명이 이동하는 유일한 통로였다.

쌍고동 울어 울어 연락선은 떠난다
잘 가소 잘 있소 눈물 겨운 손수건
진정코 당신만을 진정코 당신만을
사랑하는 까닭에 눈물을 삼키면서
떠나갑니다 아, 울지를 말아요

윤심덕이 죽고 <사의 찬미>가 태어난 관부연락선은, 한편으로는 노무자, 징집병, 위안부 등 숱한 인력과 물자들이 강제로 유출당하는 빨대와 같았지만, 다른 한편으로는 그 빈자리에 일제 문화와 식민 정신을 유입해 들여오는 파이프라인이기도 했다. 그래서 누군가 돌아오는 것이 아니라 떠나간다고 말하는 장세정의 노래 <연락선은 떠난다>는 끌려가는 자를 위한 저항적 슬픔의 음률이 되는 것이다.

이렇게 일제와 싸운 유행가들을 언급할 때 빼먹을 수 없는 노래가 김정구의 <눈물 젖은 두만강>이다. 작곡가 두만강을 순회할 무렵 어느 여관에서, 독립군으로 참전한 남편을 면회

하러 왔다가 죽었다는 소식을 들은 한 여인이 목메어 우는 것을 보고 지었다는 노래, 이를 일제는 민족의식을 고취시킨다 하여 1943년에 금지곡으로 규제해버렸다.

그럼에도 불구하고, 이 같은 유행가들은 모두 일제와 싸우되 그 태도가 소극적이고 의지가 박약했다고 말할 수밖에 없다. 그러나 당대의 가수들 중에는 대단히 목적의식적인 저항 의지를 가진 경우도 없지 않았다.

오늘도 걷는다마는 정처 없는 이 발길
지나온 자국마다 눈물 고였다
선창가 고동 소리 옛 임이 그리워도
나그네 흐를 길은 한이 없어라

바로 이 <나그네 설움>을 불렀던 백년설은 1915년 경상도 성주에서 태어나 농업학교에 다닐 때까지만 해도 항일운동을 하는 문학 모임에 가담했던 것으로 알려져 있다. 그는 젊어서 학생운동을 하면서 일경들에게 요주의 인물로 지목되었으나 학교를 졸업하고 은행에 취직하면서 평범한 직장인이 되었다. 그러나 끝내 소시민적인 생활에 안주하지 못하고 시와 소설을 습작하다가 어느 성악가와 알게 되어 가요계에 뛰어들었다.

바로 이러한 이력 때문에 그의 <복지만리> <석유등 길손> <고향 길 부모 길> 등 일련의 떠돌이 노래들은 예사로 들리지 않는다. 특히나 <나그네 설움>과 <번지 없는 주막>은 그러한 심증을 더욱 굳게 한다. 참고로, 그의 <조선해협>은 일제의 무력 침탈이 엄존한 상황에서 영토권을 둘러싸고 민감할 수밖에 없는 제목을 정면으로 걸었다. '동해'를 '일본해'로 표기하는 꼴을 보고 사는 오늘의 현실에 비추어도 그 파격성은 도드라지는 것이 아닐 수 없다.

열매 없는 흥분

　　우리 민족에게 아직도 그 영향력을 잃지 않고 남아 있는 이 트로트의 힘은 어쩌면 장르에 내재한 음악적 힘이 아닌지 모른다. 근대가 시작되고 일제 침략이 노골화되면서 민족의 근거지가 훼손되고 박탈당하던 무렵의 원체험이 안고 있는 슬픔을 담는 그릇이었을 뿐. 만일 그 시기에 트로트 아닌 다른 장르가 발흥했다면, 그리하여 당대의 슬픔을 다른 음률로 반영했다면 또 그것이 한국인의 내면세계에 바탕색으로 칠해지는 장르가 되었을 것이다. 당연히 그 노래들은 유사 체험을 가지고 있는 우리 촌놈들의 정서 안에 오래오래 머물렀다. 문화란 원래 그런 것이다.

　　내가 서울에서 주목했던 이름은 강신재, 고은, 박경리, 신경림, 박완서, 조정래, 강은교, 조세희, 윤정모, 김지하(일부러 남녀 이름을 뒤섞어 배열했다) 등이지만 시골에서 알았던 이름들은 이계팔, 강순말, 박병구, 이춘자, 노방울, 김입분, 양회춘, 정대님 등이었다. 신재, 경리, 완서, 은교, 정모가 여자 이름이요, 은, 경림, 정래, 세희, 지하가 남자 이름이라는 것을 계팔이며, 입분이라고 불렸던 사람들이 어떻게 알겠는가? 전자가 중앙에 떠 있는 이름이요, 후자가 변방에 처박힌 이름일진대, 둘 사이의 문화적 이질감은 시간의 차이에서 빚어진 것이 아니라 공간의 차이에서 형성된 것이다. 나는 한국 유행가의 유년기적 노래들을 바로 그러한 낙후 지대(전라도 함평의 어느 촌락)에서 익혔다. 그래서 1930년대의 뽕짝 중에서 나의 호기심을 가장 크게 끌었던 노래 <번지 없는 주막>을 들을 때면 매번 문패도 번지수도 없는 주막이 혹 우리 집 같은 경우가 아닐까 생각되고는 했다. 당연히 배워두고 싶었는데, 묘한 일이다. 스스로 못 부르리라 여겨왔던 노래가 어느 날 갑자기 가사를 보지 않고서도 끝까지 부를 수 있는 노래로 변해 있었다. 나도 모르게 내면화되었던 것이다.

어떤 노래가 한차례 폭발적인 인기를 누렸다고 해서 그것이 곧 대중 정서의 밑바닥에 들어앉는 것은 아니다. 가요라는 예술 장르의 성격이 그렇다. 한 편의 노래는 여러 번 다시 태어난다. 희극배우들이 늘 부러워하는바, 자신들은 한번 웃음을 창출한 상황을 다시 사용할 수 없지만 가수는 노래 하나를 수십 수백 번 반복해서 내놓을 수 있는 것이다. 그래서 한때 지배자의 노래가 상황이 바뀌면서 피지배자의 노래로 변하기도 한다. 노래 하나가 여러 세대에 걸쳐 새로운 의미들을 부여받는 것이다.

지울 수 없는 반일의 노래로서 공전의 히트를 기록한 <목포의 눈물>은 해방이 되고 전쟁이 나고 또 그러고도 시간이 한참 더 흘러 박정희 정권이 들어선 후, 지역감정이 더욱 구조화되면서 호남 소외라는, 한국 현대사에서 지울 수 없는 정치적 상처의 등가물로 재창조된다. 이 노래가 김대중 정부가 들어설 때까지 자그마치 80년의 긴장을 유지해온 배경에는 호남 차별의 정서를 장기 집권에 이용하려 했던 독재자의 야심이 있었다. 또 다른 예로, <눈물 젖은 두만강> 역시 조선인을 자극한다는 이유로 발매금지 처분당했는데 엉뚱하게도 1960년대 후반부터 방송되던 KBS 라디오의 반공 드라마 <김삿갓 북한 방랑기>의 주제곡이 되면서 괴물 같은 '반공' '반북' 노래가 되어버렸다. 이렇게 민중에 대한 지배의 한 기제로서 기능하던 가요가 세월을 버티면서 저항의 한 기제로 작용하기도 하고 또 그 반대가 되기도 한다는 데 유행가의 사회학이 있다.

　이 대목에서 짚어야 할 것이다. 이 글에서 줄기차게 반복되는 어휘 '유행가'의 속뜻 말이다. 가요가 아니라 유행가. 이는 분명히 장르에 대한 지칭은 아니다. 유행이란 전염병과 같은 것. 전염병은 접촉자를 감염시키고 동일한 증상을 앓는 집단을 만들어낸다. 신명직의 인문서 『모던뽀이, 경성을 거닐다』는 이렇게 말한다.

　　"류행은 사회를 화석(化石)으로부터 구원하는 것"이라는 말은 1925년 『시대일보』에 안석영이 처음으로 그린 만문만화의 첫 문장이다. 전근대적인 것이 화석같이 굳어 있을 때, 이른바 유행은 그 화석에 균열을 내게 되고, 그 균열을 통해 새로운 시대의 싹이 튼다는 뜻이다. 당대 논자들에게 모던걸·모던 보이들의 유행은 언제나 비난의 대상이었지만, 유행 그 자체는 진보적이란 뜻이 되기도 한다. 하지만 정작 안석영은 유행에 그다지 너그러운 편은 아니었다.

　"사회를 화석으로부터 구원한다!" 이 말은 마치 엘리엇의 시 「황무지」를 연상시킨다. 유행가는 "죽어 있는 땅을 뚫고 나오는 꽃"처럼 질긴 영혼과 육체를 가졌지만 그 무지막지한 생명력을 조건 없이 경애하기란 쉬운 일이 아니다. 왜일까?

누군가 정치를 생물과 같은 것이라고 표현했던 것처럼 만일 유행가를 식물에 비유한다면 그것은 나무가 아니라 풀에 속한다. 봄날 싹이 올라올 때 나무는 단단한 가지를 뚫고 나오느라 여리고 미세한 싹을 틔우지만 풀은 거침없이 솟아올라 순식간에 대지를 덮는다. 그리하여 가지에 한잎 한잎 자리를 잡는 나무와 달리 풀은 걷잡을 수 없는 기세로 여름을 풍미한다. 그러나 가을이 되면 나무는 그해의 성장을 나이테에 남기지만 풀은 어디에도 무성했던 흔적을 남겨놓지 않는다. 그 결과가 얼마나 참담한지는 이듬해 봄이 되어야 안다. 나무는 나이테를 늘리며 자라온 가지에서 다시 싹을 틔우지만 풀은 자신의 과거를 송두리째 잃고 아무것도 없는 상태에서 시작한다. 이 때문에 나무는 숲을 이루나 풀은 매번 '열매 없는 흥분'을 되풀이하는 것이다. 마찬가지로 순수 음악이 나이테를 남긴다면 유행가에는 그런 역사성이 없다. 트로트가 심화되어 트로트 아닌 것이 나오는 부정과 지양이 없는 것이다.

또한 유행가라는 식물은 기생적이다. 기생식물은 남에게 자양을 주기보다 받기에 능하며 남을 부축하기보다 부축받기를 좋아하는 생명체이다. 예컨대 인접 문화에 창조적 영향을 주는 힘은 약하고 그것들로부터 영향을 받는 힘은 강한 것이다. 때로는 가곡이나 클래식의 한 구절을 훔쳐오기도 하고 외래문화로부터도 큰 영향을 받는다. 그만큼 자기의 존엄성을 지키려는 노력도 약하다. 일제강점기에도 가곡이나 동요의 작곡가는 애써 민족적인 리듬과 멜로디를 추구하려는 이가 많았지만 유행가의 작곡가들은 대부분 슬그머니 일본풍으로 물들어버렸다. 전자가 레코드화를 꼭 전제로 하지 않았던 데 비해 후자는 일본의 상업자본에 의한 레코드 회사의 손에서 태어나 시장에 판매됨으로써 비로소 그 생명을 얻기 시작했다는 점으로 보아서도 당연한 귀결인지 모른다.

어쨌든, 무리 지어 사는 오리의 정서와 서로 흩어져서 모이를 찾는 닭의 그것이 다르듯이 융합 집단의 문화와 수열 집단의 문화는 다르다. 마을 공동 우물 같은 곳에서 이웃집 사람들과 슬픔의 연대감을 맛보며 배웠던 융합 집단의 노래들이 사라지자 세상은 급격히 변해가면서 공동 우물이 메워지고 서로서로 연대감이 사라져갔다. 그러면서 우리에게는 그와는 조금 다른 노래들이 찾아오고, 우리의 변화 역시 가속화되었다.

다섯,
난리통에 부상당한 노래들

기쁨은 타락을 가르친다

이상한 미신 같지만 내 기억 속에서 옛날 유행가는 한없이 처량하고 슬퍼야 마땅한 것으로 입력되어 있었다. 그런데 유행가의 기조가 약동과 흥분으로 뒤집혀버린 때가 있었다. 남인수의 <감격시대>가 그 신호탄이 아니었던가 싶다.

거리는 부른다 환희에 빛나는 숨 쉬는 거리다

미풍은 속삭인다 빛나는 눈동자
불러라 불러라 불러라 불러라 거리의 사랑아
휘파람을 불며 가자 내일의 청춘아

언젠가 평양에 갔을 때 평양소년궁전에서 노래하는 소
년이 이 곡을 열창하는데, 북녘 사람들이 여기에 각별한 애정을
가지고 있었다. 북에서 출간된 『민족수난기의 가요들을 더듬
어』(최창호, 평양출판사, 2003)에는 이렇게 소개되고 있다.

> 박력 있는 선율로 이어지는 <감격시대>는 락관과 희망에
> 넘쳐 휘파람을 불며 가자라고 하는 랑만적 호소와 자신의
> 힘으로 앞날을 개척해나가기 위하여 힘차게 노를 저어가는
> 행운의 배길, 새파란 잔디가 피여나는 희망의 대자연과 봄
> 동산 등 시어의 대상이 씨원스럽고 약동적이다.

파격적인 호평이었다. 북의 안내원에게 그 배경을 물으
니, 책을 뒤적이면서 "오케레코드 회사 가요인들이 중국 동북지
대로 순회공연을 하는 과정에, 항일혁명투쟁으로 김일성 장군
의 전설 같은 승전담과 일제는 패망하고 조선은 기어이 독립이
된다는 이야기를 듣고, 서울로 돌아와 감격에 넘쳐 창작한 작

품"이라고 했다. 일본에서 한국 가요를 전공한 이가, 일제가 만주 이민을 독려하는 것을 낙관적으로 지지한 노래라 했던 것과는 정반대되는 내용이었다. 일제 때문이든 항일운동 때문이든 <감격시대>의 낙관주의는 당대 민중의 생활감정에 근거해서가 아니라 노래의 바깥에서 힘을 가해온 밝음, 희망, 긍정적 감정의 요구에 의해서 형성된 것이있다.

그런데 기쁨의 감정이란 참 애매한 것이다. 나는 '기쁨'을 불신하는 버릇이 있다. 슬픔은 항상 정직성을 토하지만 기쁨은 얼마든지 타락을 가르칠 수 있다. 슬픔의 감정에는 전략과 전술이 들어설 자리가 없지만, 기쁨의 주변에는 여차하면 금방 이데올로기화될 수 있는 정치적 욕망이 맴돌고 있는 것이다. 당위입네, 계몽입네, 하는 뭔가 장려되는 것들이 언제나 기쁨의 감정과 친하게 지내는 데에는 분명히 이유가 있는 법이다. 반드시 그 때문만은 아니지만, 기쁨의 감정이 출현하면서 한국 유행가도 변화를 겪기 시작했다.

약동의 노래 중 비교적 예술성이 높다고 하는 조명암 작사, 손목인 작곡의 <바다의 교향시>도 비가의 유형에서 탈피하기 위하여 시도된 것이라고는 하지만 한 걸음만 벗어나면 절벽이었다. 일제 말 태평양전쟁으로부터 한국전쟁에 이르는 10여 년의 시기는 우리 민족사 전체를 통해 가장 뼈아프고 불행한 시기였다. 사람도 노래도 사회도 자연도 그 시기를 무사통과하지 못했다. 그런 시련의 일환으로써 가요사에도 일대 황폐기가 있었다. 1941년 태평양전쟁이 일어나자 일제는 연예인들을 '이동선전반' '애국홍보반' '이동연예대' 따위의 이름으로 징발해다가 위문 공연에 이용하고, 컬럼비아레코드와 빅터레코드 등 미국형 회사들을 폐쇄시키며 1943년부터는 조선어 레코드도 발매금지를 시킨다.

그렇다면 해방과 더불어 유행가는 곧 르네상스 시대를 구가해야 옳았다. 하나, 해방이 되자 일제는 조선에서 축적한 자본과 물류를 모두 철수해 갔다. 유행가를 보급하는 레코드 산업도 뿌리를 잃었다. 가수들은 모두 정상적인 음반 활동이 불가능해져서 악극단을 조직하여 대중과 직접 만날 수 있는 길을 찾았다. 우리 집 주막을 거쳐간 수없이 많은 유랑극단이 바로 그 후예였다. 와중에 잠깐 현인 같은 거물이 나타나 <신라의 달밤> <비 내리는 고모령>을 내놓기도 하나 전반적으로는 침체기이자 수난기였던 것이다. 그리고 더욱 슬픈 것은 일제강점기 때 순응과 굴종을 강요받았던 유행가가 서서히 남과 북의 이념 대립에 물들면서 갈수록 새로운 형태의 권력에게 길들여지기 시작한다는 점이다.

이데올로기의 자식들

남북의 분단은 모든 것을 반으로 극명하게 갈라놓았다. 해방 직후부터 시작된 이데올로기의 구분은 자본주의와 사회주의를 구별할 수 없는 사람조차 양자택일을 강요당하게 만들었다. 남쪽에서는 사회주의 이념에 부합되는 창작 행위가 금지되었고, 북쪽에서는 자본주의에 입각한 음악 행위를 할 수 없었다. 많은 사람이 38선을 넘어가고 또 넘어왔다. 연예계에서도 가수 채규엽, 작곡가 이면상, 작사가 조명암 등이 월북하고 작곡가 김해송은 납북되었다. 하루아침에 체제적 정체성이 교란되는 이념 대결의 와중에서 내면의 상처를 입는 것은 인간만이 아니다. 무수히 많은 유행가도 이산가족이 되고 불구가 되었다. 북에서 출간된 『민족수난기의 가요들을 더듬어』는 분단으로 훼손된 가요사를 바로잡기 위해서 나온 책으로 보인다.

입북 작가들의 이름이 잘못 기입되고 도명(盜名)된 것은 주로 조령출과 박영호, 김상화, 추야월(본명 김정섭), 작곡가 김해송(본명 김송규) 등이다. 민족수난기에 조령출의 필명은 조명암, 리가실, 김운탄이었고, 박영호의 필명은 처녀림, 김다인이었다.

    북에서 이 문제를 지적하는 것은 <노들강변>의 작사가가 신불출인데 김다인으로 기록되고, 조명암이 작사한 <알뜰한 당신>은 이부풍, <꿈꾸는 백마강>은 김용호, <목포는 항구다>는 박남포 또 박영호 작사의 <짝사랑>은 김능인, <연락선은 떠난다>는 박남포의 작사로 기록되는 등 숱한 작곡·작사가가 바뀌어버렸기 때문이라고 주장한다. 그래서『민족수난기의 가요들을 더듬어』에는 수정되어야 할 목록이 세 페이지에 걸쳐 열거되고 있다.

> 지난 시기 남조선에서 입북 작가들에 대한 작품은 금지되여 있고, 입북 작가들이 창작한 노래는 못 부르게 '금곡'되여 있었기 때문에 이들의 작품을 빼놓고 보면 실지로 가요집을 묶을 수 없는 형편이다. 그래서 진방남은 하는 수 없이 광복 전에 한 번도 써보지 않던 추미림, 박남포, 김근 등의 필명을 새로 만들어서 입북 작가들의 가사 작품들에 기입하지 않으면 안 되었다고 본다.

현실이 그랬다. 언젠가 백범 김구 선생의 암살범 안두희와 그 추격자 권중희에 관한 기사가 신문에 난 적이 있다. 김구 살해의 배후를 밝히려는 권중희의 집요한 추적으로 안두희가 마지막 고백을 하는데, 안두희는 "당일 식장에 들어서는데, 하필 내가 제일 싫어하는 노래 <역마차>가 흘러나오고 있었다"라고 말한다. 그것이 순수한 이유라고 믿을 사람은 없지만, 어쨌든 안두희는 <역마차>가 월북한 자의 노래라는 점 때문에 싫어했다. 까닭에 북도 단순하게 반응하지는 않는다. 다음의 경우가 좋은 예이다.

> 김해송의 작품들은 그의 처남인 리봉룡의 작곡으로 남조선에서 출판되었다. 참으로 이것은 세계 어느 력사에서도 일찍이 없었던 놀라운 일이 아닐 수 없다. (……) 리봉룡은 매부의 도움을 받으며 작곡가로 되었고, 작품을 창작할 때 처남매부가 마주 앉아 서로 의견을 주고받으며 완성하곤 하였다. (……) 리봉룡은 매부의 작품을 살리려고 노력하다 못해 나중에는 김해송 작곡을 리봉룡 작곡으로 만들어버렸다.

김해송은 입북 후 결핵을 앓다가 전쟁 때 부상까지 입어서 치료 중에 사망했는데, 그의 생사 여부를 떠나 월북했다는 사실 하나만으로도 남쪽에서 금지 대상이 되어서 그를 안타깝게 여긴 처남에 의해 지은이 이름을 숨긴 채 살아남았다는 이야기인 것이다. 당연히 이름을 숨기지 못해서 남쪽 가요사에서 아

예 사라져버린 노래들도 부지기수가 되었다. 납·월북 후 남쪽
에서의 행적을 유린당한 재북 연예인들은 한스러웠을 것이다.

무자비한 전쟁은 이렇게 한국의 유행가들을 눈에 보이
지 않게 폭격했다. 그로 인해, 월북자들만 상처를 입은 게 아니
라 남쪽의 가요계도 무사하지 못했다. 분단 체제는 가수들을 피
난민으로 만들거나 죽게 하고 또 '정훈공작조'에 편성시켜 위
문 활동이나 하게 만들었다. 임시 수도 부산에서 허민의 <페르
샤 왕자>가 히트하고, 박단마의 <슈샤인 보이>가 인기를 누리
며, 남인수의 <이별의 부산정거장>, 이해연의 <단장의 미아리
고개>가 유행을 끌었던 그 각박하고 암울한 피난살이를 틈타
서구의 유행 문화가 미국의 원조 물자에 끼어 들어오기도 했다.
그 틈바구니에서 나온 노래가 현인의 그 유명한 <전우여 잘 자
라>이다.

전우의 시체를 넘고 넘어 앞으로 앞으로
낙동강아 잘 있거라 우리는 전진한다
원한이야 피에 맺힌 적군을 무찌르고서
꽃잎처럼 떨어져 간 전우야 잘 자라

현인이 정훈공작조에 편성되어 위문 활동에 나서면서

부른, 낙동강 전투와 북진 상황을 묘사하는 이 노래는 어린 소녀들이 고무줄놀이를 하면서도 불렀는데 이런 군가가 유행가를 대신할 만큼 그 시대는 삭막했다. 유행가라고 하는 서민 대중의 영토조차도 체제와 통치 이데올로기가 점거해버리는 상황이 전쟁통에 부상당한 한국 유행가의 현주소가 아니었던가 싶다. 당시에는 불가피했을지 모르지만, 이런 노래들이 뒤 세대에 미친 영향은 컸다. 이상하게 아무도 가르쳐주지 않았던 것 같은데도 우리는 이런 노래를 들판에서 병정놀이 할 때 부르고는 했다. 다들 어떻게 배웠는지 모르는 이가 한 사람도 없었다. 그것이 두고두고 통치 수단으로 동원되는 것을 보다 못한 어느 시인의 항변은 자못 통렬하다.

> 언제나 이맘때쯤이면 그러하듯이
> 올해는 유난히 전우야 시체가
> 잘도 잘도 넘는다만
> 지금도 광주 넘어 고개 넘어 민방공 사이렌 소리 넘어
> 잘도 잘도 전진한다만
> 레코드여, 빗나간 축음기 바늘이여, 나에겐
> 죽음이 없다
> (백마고지, 태극기, 육탄돌격, 빨치산, 인천상륙작전, 1·4후퇴……)

그럴 듯이 그럴 듯이 상상력을 자극한다만

빈 껍데기, 목을 찢는 멸공 웅변대회가 귓가마다 쟁쟁하다만

(……)

TV여 라디오여 사이렌이여 국립묘지 혼령들이여

그대들과 합작한 사기꾼 모리배여 6·25의 쓰리꾼이여

오늘 내 귓가의 모든 소리여

나에게 강요하지 말라

죽음이란 그렇게 간단히 상표가 되는 것이 아니다

이영진의 시 「6·25와 참외씨」의 일부이다. 전쟁이 끝나고 사회가 어느 정도 안정을 찾았을 때 가요계는 다수의 인재들이 죽거나 납북되고 제반 시설과 물류가 파괴되어 초라하기 이를 데 없는 상황이었다. 미군이 진주하면서 들어온 팝송으로 인한 환경의 변화도 컸다. 국민의 대다수가 무슨 뜻인지조차 모르는 노래들이 수많은 젊은이에게 애창되고, 전통적인 가치관이 쇠퇴하면서 청바지, 장발, 통기타, 음악 감상실로 상징되는 신세대 문화가 발 빠르게 형성되기 시작했다. 유행가의 장르가 다양해지고 소재들이 모던화되며 음색 또한 왜색풍에서 서양풍으로 변해간다. 그래서 나는 다시 새로운 노래들을 만나게 되었다.

여섯,
전후의 슬픈 실존주의

아, 1950년대

시인 고은은 『1950년대』라는 책에서, 그 시대는 불치의
감탄사로 명명되어야 했다고 말한다. '아, 1950년대!'였다는 것
이다. 하나의 연대기가 그 숫자를 들이대는 것만으로도 인간의
'실존'에 절박성을 주었던 시절이 1950년대였다. 암울하고 불확
실하며 생존의 실감에 목말랐던 시대. 일제로부터 시작된 근거
지 상실의 박탈감은 극복되지 않은 채였고, 타향살이 의식은 더

욱 구조화되고 있었다. 광복과 더불어 온전한 삶이 회복될 것을 기대했던 사람들은 한차례 치 떨리는 전쟁을 겪고는 '훼손되지 않은 옛날'을 그리워하는 일조차 포기해버렸다. 눈앞의 현실은 오직 일탈을 향해 열리고, 과잉된 자의식은 난파당한 배처럼 시대의 표피 위에 위태롭게 떠 있었다. 그 무렵의 지식인들에게 박인환의 「목마와 숙녀」 같은 염세주의가 하나의 세련된 지적 포즈로 애용되고 있을 때 하층민들은 무엇에 기대어 살았던가?

> 이 세상의 부모 마음 다 같은 마음
> 아들딸 잘되라고 행복하라고
> (……)
> 나에게도 아직까지 청춘은 있다
> 원더풀 원더풀 아빠의 청춘
> 브라보 브라보 아빠의 인생

바로 이 노래 <아빠의 청춘> 같은 서글픈 낙관주의야말로 전후 유행가들이 선택한 가장 솔직한 인기 전략이 아니었을까 한다.

많은 사람이 유행가에도 당대 사회의 구조가 내재화된다고는 믿지 않지만 그럼에도 불구하고 그 속에는 당대의 구조가 고스란히 담기며, 그에 의해 유행가는 서민의 삶을 가르치는 교과서로 화(化)한다. 나는 기억한다. 초등학교 입학하던 해에 우리 장터에 극장이 생겼다. 김한수의 소설『저녁밥 짓는 마을』에 나오는 것과 똑같이 생긴 극장이었다.

> 독수리극장은 장터 맞은편에 있었다. (……) 독수리극장은 오일장이 열리는 날을 제외하곤 밤에만 영화를 상영했다. 거기에 들어오는 필름은 전국을 돌고 돌다 더 이상 돌 곳이 없어져서야 입수되는 것들뿐이라 필름이 예닐곱 번씩 끊기는 건 일도 아니었다. 필름이 끊길 때마다 사람들은 휘파람을 불어대고 욕설을 퍼부었다.

극장에서는 '대한뉴스'가 시작되기 전까지 온 동네가 떠나가도록 축음기를 틀었다. 남인수의 <무너진 사랑탑>을 비롯하여 <마도로스 박> <남성 넘버원> <아빠의 청춘> 등 매일 영화가 시작하기 전 두 시간 정도씩 떠들어대는 극장 스피커를 통해 들었던 노래들은 지금 생각해보면 하나같이 우리에게 '사나이 정신'을 가르치는 계몽의 기능을 하고 있었다. 나도 인생의 중요한 부분을 그것들에게서 배웠다. 김한수도 그의 주인공들이 독수리극장에서 '사나이'를 배우는 장면을 놓치지 않는다.

친구들과 나는 가끔씩 영화를 흉내 낸 전쟁놀이도 하곤 했는데, 힘이 센 애들이 주로 박노식, 황해 역을 맡았고 따돌림을 당하는 애들과 얻어터지기만 하는 애들은 독고성 역을 어거지로 떠맡았다. 힘센 애들이 명령조로 넌 독고성이야, 하고 말하면 그 배역을 맡은 애는 그 자리에서 주둥이가 십 리도 넘게 튀어나왔다. 그런 속에서 나는 의리니 배신이니 투쟁이니 하는 따위의 말들을 자연스럽게 주워섬겼고, 그러한 단어들을 모두 포용하는 의미로 '사나이'를 배웠다.

어렵던 시절에, 특히 현실의 어려움을 강한 기질 없이는 헤쳐갈 수 없었던 시절에, 좌절하지 않고 사회적 생산 활동에 투입되어야 할 인력들의 위축된 내면을 드넓은 '사나이' 가슴으로 최면해내는 것은 어쩌면 우리 사회의 과제에 속했다. 그리고 그를 위한 주술의 역할을 가장 적극적으로 수행한 것은 유행가였다. 여러모로 불확실하고 암울했던 전후 현실이 많은 사람을 자포자기에 빠지게 하는 것을 막는 복음이었던 '사나이 이데올로기'는 그래서 한국전쟁으로부터 심하게 상처를 입은 허기진 영혼들에게 전후 복구를 짐 지우고 황폐한 연대를 지탱케 하는 큰 힘이었다고 말할 수밖에 없다.

일본풍에서 미국풍으로

여기서 한 가지 유의할 것이 시대적 변화의 저류에서 가요의 형식 또한 변한다는 사실이다. 장차 한국의 파행적인 근대를 주도할 감독자들이 일본에서 미국으로 임무 교대를 했을 때 한국 유행가는 일본풍에서 미국풍으로 급격히 선회해버린다. 후에 왜색풍이라고 비판받는 노래들이 <슈사인 보이>나 <페르샤 왕자>를 거쳐 <아메리카 차이나타운> <아리조나 카우보이> 등 일련의 서구 지향적인 노래들로 변하는 것이다. 유행가의 역사에서 1950년대는 바로 이러한 전환기를 의미하는 연대이기도 했다.

민중은 순식간에 개방적이며 자유분방한 미국식 대중문화 앞에 전면 노출되었다. 특히 음악은 모국어의 보호를 받지 못한다. 문학은 모국어라는 방어벽에 숨어 외래 사조의 무제한 침투를 여과하지만 악곡은 그렇지가 않다. 노래는 가사보다 악곡이 주도하는 장르인 관계로 유행가의 서구화에 아무런 방비책이 없었다. 미군 진주와 더불어 팝송이 들어오고 청바지, 장발, 통기타, 음악 감상실로 상징되는 신세대 문화가 발 빠르게 형성되면서 전통적인 가치관을 붕괴시켜간다. 그것은 조선조 말기 개화기에 버금가는 커다란 변화였다. 바로 이러한 경향을 반영한 대표적인 예가 소설가 정비석의 「자유부인」이 1954년 『서울신문』에 연재되어 장안에 파란을 일으켰던 사건이었다. 점잖은 교수 부인이 춤바람이 나서 다른 남자들과 놀아난다는 이 소설은 곧바로 영화로도 만들어져 절찬리에 상영되었다. 이때 주인공을 춤바람에 놀아나게 했던 음악이 다름 아닌 맘보(Mambo)였는데, 맘보는 서울 거리에 서양 문화가 넘쳐나도록 유행하면서 소위 말하는 '자유주의 문화'의 상징물이 되었고, 숱한 유행 바람을 초래했다. 그러니까 춤바람뿐만 아니라 '맘보 바지'로 대표되는 맘보풍의 유행을 낳았고, <맘보 카라멜>과 일련의 맘보 노래들을 대두하게 한 것이다. 이 전염성 강한 문화는 이내 신민요에도 유입되어 1955년부터 <맘보 타령> <닐니리 맘보> <도라지 맘보> 등 이상한 혼혈 가요들을 대두시켰다. 그 일각에서 서양의 또 다른 댄스음악인 부기(Boogie)를 추종한 <승리 부기> <기타 부기> 등과 차차차(Cha Cha Cha)의 유행에 따른 <노래가락 차차차> 등이 양산되었으니[이상 김영준의 『한국 가요사 이야기』(아름음악출판사, 1994)를 참조했다], 서민의 삶과 사고방식은 미군과의 접촉 지점에서 걷잡을 수 없이 변질되어 갔다.

일곱,
허무주의가 얻은 품격

한국의 정서를 바꾼 미8군 무대의 가수들

어쨌든, 한국의 1950년대는 많은 사람에게 슬픔을 심화시켰다. 유행가의 세계에서 그 이름 세 자로 역사가 되어온 이미자도, 또 한국적 록 음악의 대가 신중현도 1950년대의 슬픔 위에서 가수가 된 사람들이다. 두 사람 다 전쟁으로 인해 빈자가 되어 참혹한 가난을 이기기 위해 노래를 부른다. 이렇게 한꺼번에 너무나 많은 것을 상실한 사람들이 살았던 시대, 그들의 견딜 수 없는 허무주의가 봇물 터지듯 쏟아진 때는 1960년대 상반기이다. 한명숙, 최희준, 현미, 남일해, 신중현, 김상희, 문주란, 차중락, 배호, 패티 김…… 이 기라성 같은 이름들이 한꺼번에 나서서 그 무렵을 풍미했다.

이들의 노래가 4·19세대와 함께 살았던 것은 퍽 의미 있어 보인다. 전쟁통에 그토록 죽을 고비를 넘겨놓고, 그리하여 이미 살아남은 자들의 지독한 몸부림을 알면서도 끝내 격조를 잃지 않으려 했던 품격이 여기에는 있다. 아마 이 때문일 것이다. 한국의 지식인들에게 가장 많은 추억을 주는, 그래서 양적으로라기보다 질적으로 가장 많이 사랑받는 노래는 1960년대 상반기의 노래들이 아닌가 한다. 그 한 자락이 소설을 읽다 보면 자주 밟힌다. 양귀자의 소설 「한계령」도 그 한 예일 수 있다.

제목만 놓고 보면 양귀자의 소설에서 주되게 추억되는 노래는 얼핏 양희은의 <한계령>일 것 같지만 사실은 김치켓이 부른 <검은 상처의 부루스>이다. 내용은 이렇다. 이 소설에서 이야기를 끌어가는 1인칭 화자는 작가 자신을 떠올리게 하는 꽤 잘나가는 여성 소설가이다. 이 소설가에게 어느 날 전화가 걸려온다. 초등학교 2학년 때 친하게 지냈던, 철길 옆 찐빵집 딸 박미화이다. 어려서 <검은 상처의 부루스>를 유난히 잘 불렀던 친구 박미화, 그녀의 이름이 가져다주는 추억 속에는 가난 때문

미8군 클럽 무대에서 병사들과 춤추는 스와니시스터즈, 1962년 ⓒ 한국대중가요연구소

에 다 크지도 않은 상태에서 야만적인 세상에 발을 밀어 넣어야 했던 그 시절 사람들의 애절함이 묻어 있다. 화자는 자신들을 그런 불행에서 구제한 큰오빠를 생각하면서 '허망한 세상에 상처받은 사람들'을 떠올린다. 비록 밤업소에서지만 끝내 가수가 된 박미화는 발을 동동 구르며 놀러 올 것을 부탁하나 화자는 그 업소에 찾아가서 그냥 아는 체는 하지 않고 돌아와버린다.

또 이와는 조금 다르지만 그 시절의 유행가를 소재로 한 소설로 최윤의 「워싱톤 광장」이 있다. <워싱톤 광장>은, 김치켓과 더불어 미8군 무대 출신으로서 1960년대 초에 본격적인 여성 그룹으로 나서는 이시스터즈의 노래이다. 이 소설의 1인칭 화자는 남성이다. 작은 교향악단의 플루트 주자인 그는 어느 날 우연히 지하철역을 지나다가 지하도 입구에서 구걸 행위를 하는 여인네를 보고 깜짝 놀란다. 바로 초등학교 때 친구였던 것이다. 이 여인네가 궁금해서 다음 날도 지하도에 나왔다가 끝내 여인네가 나타나지 않아 혼자서 다방에 앉아 있다가 간다. 이 소설 역시 삶의 허무감이 짙게 배어 있고 야만적인 세월에 풍화된 처참한 삶의 몰골이 두려워서 그것을 대면하지 않고 그냥 비켜 가버리는 인물을 보여준다.

그런데 유행가는 왜 꼭 불량 아동에 대한 추억과 얽혀 있어야 하는 것일까? 단편 「워싱톤 광장」에서도 그렇다.

우리가 알고 있었던 것은 얼마 전에 이사 온 그 아이가 산동네의 어딘가에서 정신이 온전치 않은 엄마와 살고 있다는 것뿐이었다. 이상하게 말이 없고 여리고 수줍어 보였지만 꼭 아무도 모르는 나라에서 온 것처럼 무심하면서도 경계의 눈초리에 과장된 악의가 배어 있던 가난한 몰골의 여자아이. 바로 그 아이는, 무릎을 기운 바지를 숨기려 하지도 않고 한 다리를 걸상에 걸치고 기타 반주에 맞추어 노래를 부르는 멋진 가수의 흉내를 내면서 아이들을 상대로 돈을 벌고 있었다. 기타가 없어도, 목소리가 청승스러워도 이 공연에는 관객이 많았다.

불량 아동이 유행가를 부르는 이유 중의 하나는 틀림없이 그의 불우한 진로를 함께 동행해주는 것이 유행가밖에 없기 때문일 것이다. 나도 그랬던 추억이 있다.

때는 1977년, 당시에 나는 열아홉 살의 나이로 서울로 올라와 술집 웨이터 생활을 하고 있었다. 공장보다 고생도 덜하고 돈 벌기도 좋다고 해서 시작한 거였는데 막상 해보니 그렇지도 않았다. 이것저것 애로 사항들이 있었는데, 가장 큰 것은 역시 '버려진 뒷골목의 자식'이라는 자의식이 생겨나는 점이었다. 그래서 누가 먼저랄 것도 없이 우리는 최희준의 노래 <맨발의

청춘>을 많이 불렀다(우리는 최희준의 <하숙생>이며 <진고개 신사>
따위를 통해 '멋쟁이'를 배우고 또 <맨발의 청춘>을 통해 '사나이'를 배웠다).

> 눈물도 한숨도 나 혼자 씹어 삼키며
> 밤거리에 뒷골목을 누비고 다녀도
> 사랑만은 단 하나에 목숨을 걸었다
> 거리의 자식이라 욕하지 말라
> 그대를 태양처럼 우러러보는
> 사나이 이 가슴을 알아줄 날 있으리라

이 노래는 우리에게 참 묘한 힘을 주고는 했다. 어려움
을 견디게 하고 부자들을 적대하게 했으며, 거친 세파에 주눅
들지 않게 했다. 앓아서 눕거나 고독한 생일 아침을 맞을 때는
인간의 마음을 통절히 울려주는 슬픔의 노래요, 같은 패거리끼
리 거리를 누빌 때는 사기를 하늘까지 높여주는 유쾌한 오락가
요였다. 이 노래를 부르며 의기투합하고 나면 뭔가 추억될 만한
일거리가 한 건씩 꼭 터지곤 했다. 이를테면 이런 식이었다.
    그러니까 그날은, 우리로서는 참으로 귀한 모처럼의 휴
일이었다. 학교 다닐 때 수업 빼먹고 나와 거리를 누비는 것이
신나는 일이듯이 밤에 일하는 우리 역시 남들이 일하는 시간에

논다는 것이 그렇게 신날 수가 없었다. 그래서 예의 <맨발의 청춘>을 부르며 무교동에 있는 나이트클럽을 찾아갔다. 그런데 그럴 경우에 우리 마음에 항상 걸리는 게 웨이터라는 직업이었다. 솔직히 좀 창피했기 때문에 우리는 주로 대학생으로 위장을 했는데 그날은 Y대학교 배지를 달았다(당시의 대학생들은 대개 배지를 달고 다녔다). 조금 켕겼지만 그렇게 하는 이유가 여대생들과 어울리자는 데 있었으므로 E여대 배지를 하고 있는 아가씨들과 만나 신나게 놀았다. 하도 재미있게 놀아서인지 헤어질 때 보니 파트너의 전화번호를 알아 온 친구도 있었고 여학생들의 책을 훔쳐 온 친구도 있었다. 지금은 출판사 이름도 생각나지 않는 『문학 원론』. 이 물건은 후에 우리가 들고 다니는 책이 되었는데, 이 때문에 친구들은 한동안 아가씨들이 왠지 수수하고 고상하다고 법석이었다. 그러고는 이구동성으로 우리가 Y대생이 아니라 술집 보이인 줄 알게 되면 얼마나 놀랄까 하며 낄낄대었다. 그런데 정작 요절복통할 일은 그다음에 생겼다. 나중에 전화를 걸어보니 그 처녀들은 명문 여대생이 아니라 설탕공장 여공이었던 것이다.

여덟,
처음으로 여자의 것이었던 노래들

이미자의 나라

그러나 사실 '전후의 슬픈 실존주의'가 끝나고 다시 한번 맞은 유행가의 전성기, 1960년대를 풍미했던 숱한 기라성 중에 나의 귀에 가장 많이 닿은 목소리는 단연 이미자의 것이다. 100년에 한 명 나올까 말까 한다는, 그 이름 세 자로 이미 역사가 되어버린 가수. 아마 한국에서 1960~1970년대를 살았던 사람 모두에게 거의 완벽하게 전파된 낭설이 아닐까 하는데, 우리는 어렸을 때 이미자에 대해 두 개의 소문을 듣고 자랐다. 하나는 전쟁통에 고아처럼 버려져 울다 못해 그만 목청이 터져버렸다는 것이요, 또 하나는 그의 목을 연구하기 위해 죽으면 시신을 미국으로 가져가기로 했다는 것이었다.

이런 유의 소문에 대해 추후에 한 번도 진위를 캐본 적은 없다. 그딴 걸 따져서 어디에 쓸 것인가! 말하자면 그것들은 개연성을 따져볼 필요조차도 없는 뜬소문일 테지만, 그래도 간이나 쓸개가 몸의 일부이듯이 그런 추억은 우리 시대의 몸통에 너무 많이 퍼져서 애써 가려낼 수 없는 정서적 세포가 되었다. 그래서 그 이야기를 하려면 제법 옛날로 돌아가야 한다.

초등학교 2학년 때라고 기억된다. 떠돌이 영화사며 나이롱 극장이며 서커스단 등을 하는 사람들이 머물곤 했던 방을 우리 집에서는 둘로 쪼개어 그 반을 광으로 썼다. 그리고 나머지 반쪽을 골방이라고 불렀다. 이 골방이라는 방은 하여튼 우리 집에서도 맨 안쪽 깊숙이에 숨어 있었는데, 무슨 조화에선지 그곳은 하필, 우리 남매가 '가족'이라고 하는 숨 가쁜 '감옥'에서 드넓은 세상으로 나가는 터미널이 되었다. 우리 가족 4남 2녀가 모두 이 골방을 거쳐서 세파 속으로 흡수되었다. 한마디로 가출 대기방이었던 것이다.

지금은 이렇게 쓰고 있지만 사실 당시에는 부모의 품에

깊이 유폐되어 드넓은 세상으로 나갈 날이 아직 요원할 뿐이었던 나의 눈에는 그 방이 거의 눈에 띄지 않았다. 바깥으로 직접 통하는 문이 없어서 항상 어두운 채로 한쪽 벽 모서리에는 달력에서 오려낸 문희 사진이 있고, 또 한쪽에는 책상 대용의 반닫이가 놓여 있었다. 그 방을 내가 처음 발견한 것은 이미 두 사람째 세상으로 탈출하고 난 뒤였다. 큰형님에 이어 큰누님이 빠져나간 그 빈 공간을 확인하면서 나는 오랫동안 무의식적으로 지나쳐오던 누님들의 삶을 느끼게 되었다. 그 느낌의 일부를 언젠가 「밀래미이야기 2」라는 제목의 시로도 쓴 적이 있었다.

> 달력 속 의젓한 국회의원 얼굴 위에
> 달달이 서너 칸의 동그라미 그려 넣고
> 그믐달이 지우거든 큰누님은 울었다
> 가난에 덜미 잡힌 야만의 사춘기를
>
> (······)
>
> 나는 종일 양지담에 기대어
> 빨래처럼 눅눅한 배꼽을 말렸다

꽃잎은 빨갛게 멍이 들었소

　이렇게 숨 막히는 곳에서 '누님들'이 무엇에 기대어 사는 지를 안 것은 그 방의 주인이 작은누님으로 바뀌고부터였다. 그때 보니 그 방에서 사는 것이 누님 혼자가 아니었다. 그 어두운 방으로 빨래를 마친 누님이 들어가면 바로 뒤따라서 이미자의 노래가 들어가고, 그 방에서 다시 머리에 빗을 꽂은 채 누님이 나오면 그림자를 대신하여 이미자의 노래도 따라 나오고…….그렇다. 눈먼 할아버지가 지팡이에 기대어 살듯이 세상에 눈먼 여인들은 이미자에 기대어 살아야 했다. 아니, 그러는 것 같았다. 이 때문인지 나는 아직도 이미자의 노래를 한국 최초로 남자들을 떠나보내고 남은 여자들이 불렀던 노래, 그들이 주인공이었던 노래로 기억하고 있다.

　일제가 쳐들어온 후 한반도에서의 삶은 절체절명의 몸부림을 요구받게 된다. 삶의 근거지가 박탈당하자 절대적 궁핍을 면하기 위해 생사를 건 근로 투쟁이 요구되었다. 고향을 지키고 말고를 따질 겨를이 없었다. 늙으신 부모님은 딸들에게 맡겨놓고 아들들은 앞다투어 돈 벌러 떠났다. 이는 간신히 보릿고개를 넘어야 했던 1950년대 후반과 1960년대 상반기에 이르면 온 나라의 백성들을 사로잡는 문제가 되어 유행가에도 막대한 영향을 끼쳤다. 고향을 떠나가는 노래, 떠나가서는 그리워하는 노래, 그리워도 못 돌아와서 한이 되는 노래…… 그리고 또한 하나같이 남자들의 노래였다.

그 와중에 1950년대 말에 히트한 황정자의 <처녀 뱃사공>이며, 1960년대 중반을 풍미한 최정자의 <처녀 농군>이며, 바로 뒤이어 나온 김태희의 <소양강 처녀>며 하는 것들이 나왔지만 이를 곧이곧대로 여자 노래라고만 말할 수는 없을 것이다. 이것들은 '개발 이데올로기'에 쫓겨 살았던 한국적 현실의 한 측면을 형상화하고 또 민중에게 힘을 안겨준 바 없지 않지만 삶의 외곽에 방치되어 있었던 여성을 주체로 한 노래는 아니었던 것이다. 남정네들이 떠나버리고 난 빈 마을에 물통을 이고 오가며 농업 노동을 감내하는 여성의 생활 정서를 이미자의 노래들만큼 정면에서 다룬 경우는 없을 것이다. <섬마을 선생님>이 그 절정이었다고 생각한다. 이로써 한국 유행가에 여성들의 짓눌린 감정이 담기기 시작하는 것이다.

그러나 한국의 불행은 이런 자연사적 흐름에 있지 않다. 이런 흐름이 난데없는 장애물에 부딪혀 왜곡되고 뒤틀리는 데 있다. 아마 이미자의 <동백아가씨>가 몇십 년 동안 금지곡 처분을 당해 있었던 것도 그 예일 수 있을 것이다.

映画 主題歌
栢 아가씨
白映湖 작

「映画主題歌」
冬栢아 가 씨
돌아가자 南海故鄕
서울가시 나대쓰
黃 布 돗 대쓰
눈눈레 물의시 왈왈

<영화 주제가 동백아가씨>, 1964년 미도파레코드 ⓒ 한국대중가요연구소

면길線別대동

헤일 수 없이 수많은 밤을

내 가슴 도려내는 아픔에 겨워

얼마나 울었던가 동백아가씨

그리움에 지쳐서 울다가 지쳐서

이미자의 대표작 <동백아가씨>는 5·16 군사정부에 의
해 1962년에 설립된 '방송윤리위원회'에서 왜색 가요로 분류되
어 금지곡 처분을 받았다. 그 이유를 액면 그대로 믿을 수는 없
다. 문제의 구절은 '그리움에 지쳐서 꽃잎이 빨갛게 멍이 들었
다'는 대목인데, 이미자가 일본 공연을 할 때 이 노래는 조총련
계 동포들에 의해 합창되었다고 한다. 후에 혁명적 지하조직
'남민전' 사람들도 애창했다고 들었다. 한국 민중이 즐겨 부른
다른 많은 노래처럼 이 역시 민중의 한이 들어설 여백을 두어
크게 사랑받고 또 그만큼 군부독재에 수난받는 노래가 되었던
것이다.

아홉,
개발독재와 록의 갈등

뽀빠이와 김추자

우리 세대의 정서적 바탕은 어쩌면 관제 노래를 배우면
서 형성된 것인지 모른다. 초등학교 때 매주 토요일 애향단 조
회를 마치고, 마을별로 뽑은 애향단장을 따라 학년 구분 없이
온 마을의 어린이들이 한 대열이 되어 집으로 오던 기억이 난
다. 술좌석에서 자주 느끼는 바이지만 이 체험은 우리 또래 모
두에게 있는 것이다. 1970년대 벽두 언저리, 세상은 온통 관제

가요에 덮여 있었다. 지금 생각해보면 박정희와 김대중 간의 대격돌이 있었던 직후이니 필시 그와 연결된 일이 아닐까 싶은데 그때는 정말 웬 안보 교육이 그리도 흔했던지 모르겠다. 반공이데올로기의 손길은 어린이 과자에도 뻗쳤다. 하필이면 '뽀빠이'가 해군이었던가? 과자 봉지에 나오는 뽀빠이의 팔뚝에는 언제나 선원 표시인 '닻'이 그려져 있었다. 그것이 우리에게 패션 이상의 의미를 가져본 적이 없었는데, 어느 날 그만 적색경보가 날아든 것이다. 내막인즉, 그 닻 표시가 소련을 칭송하는 특수문자라는 것인데…… 해군들의 '닻'과 소련 국기에 그려진, 건설을 상징하는 낫과 망치를 엇갈려놓은 모양은 상당히 다른 것임에도 우리는 완전히 넘어가고 말았다. 그 웃지 못할 유언비어가 어디에서 비롯된 것인지는 모르지만 하여튼 우리 무지몽매한 백성은 간첩 운운하는 말에 유감없이 현혹당했다. 유행 문화의 나약성이 여기에 있는 것이다. 일단 말밥에 오르면 여지없이 인기를 잃고 마는 것이니, 뽀빠이는 조만간 전국 어린이들에게 금지 식품이 되고 말았다.

　　중요한 사실은 그 같은 사건이 종종 가요계를 흔들어 한국 대중문화사의 흐름을 바꾸었다는 점이다. 나는 기억한다. 그 시절에 흔했던 터무니없는 유언비어가 쓸고 간 범위가 어느 정도인지는 모르나, 내가 그것을 처음 만난 것은 어느 날 하굣길

에서였다. 그날도 애향단 조회를 마치고 먼지 나는 신작로를 따라 돌아오는데, 무엇이든 시시콜콜 아는 친구가 느닷없이 간첩 이야기를 꺼내어 큰일 났다고 호들갑을 떨었다. 놀랍게도 김추자가 간첩이라는데, 증거는 춤이었다. 세상에! 유난히 관능적인 동작으로 무대를 휘어잡았던 그녀의 몸짓이 당시 사람들에게는 다소 필요 이상의 동작으로 보였을 수도 있기는 했다. 그러나 아무려면 그것이 북한에 보내는 암호의 몸짓이었을라구!

순전히 혼자만의 상상이지만 나는 언젠가 그것을 신중현에 대한 탄압이 아니었을까 하고 생각해본 적이 있다. 알다시피 신중현은 스타 제조기라는 말을 들을 만큼 많은 후진을 양성했다. 김추자, 바니걸스, 펄시스터즈, 장현, 임성훈, 인순이 등 기라성 같은 스타들을 발굴했던 것이다. 그중에서도 김추자는 '담배는 청자, 노래는 추자'라는 유행어를 낳을 만큼 특히 인기를 끌었다. 그 김추자가 받는 타격은 고스란히 신중현에게 미치는 것이었다. 그것은 김추자 쪽보다도 신중현 쪽을 보면 더 잘 알 수 있다.

독재 정권을 화나게 만든 신중현

신중현의 활동사는 곧 한국 록 음악의 발달사라고 해도 과언이 아니다. 한국에서 록은 박정희 정권이 만들어가는, 소위 건전가요라고 하는 군사문화와 갈등하면서 싹트고 발전한다. 신중현으로부터 최초의 록 <빗속의 여인>과 <커피 한 잔>이 나온 것이 1963년이다. 그리고 본격적인 건전가요인 <잘살아 보세>가 나온 것이 대략 그 이듬해 언저리. 곧이어 1965년과 1966년 <맹호는 간다>와 <올해는 일하는 해>가 나오고 얼마 안 있어서 바로 <새마을노래> <향토예비군가>가 나왔다. 이것들은 근대가 낳은 제국주의 이데올로기인 '근대화 논리'를 전형적으로 반영하고 있었다. 신중현의 록은 그것들과 문화적 대치선을 그었다.

사실 신중현은 미8군 무대에서 노래 생활을 시작하여 그곳이 사양길에 이르자 당시 록 음악의 세계적인 무대로 떠오르던 월남으로 갈 생각을 했다고 한다. 그러나 <월남에서 돌아온 김상사>가 대성공을 거두자 국내 가요계의 신화로 남게 된다. 그는 음악적으로 비틀스, 롤링 스톤스 등과 동시대를 살면서 그들의 록이 아닌 한국의 록을 창조시켰다. 그러는 동안에 만들어진 300여 곡은 수많은 인기를 얻으며 우리 가요계를 풍요롭게 했다. 그러나 그 자신은 대중에게 그리 좋은 이미지를 남기지는 못했다. <미인>을 직접 불러서 엄청난 기록을 세우기까지 했지만, 작은 체구에 저항적인 몸짓, 히피를 연상케 하는 록의 제스처가 군사문화에 젖은 당시의 시대상과 맞지 않았기 때문이다. 군사정부는 바로 이 점을 공략했다. <거짓말이야> 등 주요 작품이 금지곡이 되고, 또 종종 예기치 않은 자리에서 그는 파렴치한이나 되는 양 이미지를 훼손당한다. 노재명이 쓴 책 『신중현과 아름다운 강산』(새길아카데미, 1994)을 보면, 그 시작을 본인은 이렇게 말한다.

> 1972년경에 청와대에서 전화가 왔다. "박정희 대통령 각하의 노래를 만들어라"는 말을 했다. 그래서 나는 "그런 노래를 만들 만한 실력도 없는 사람이고 나보다 실력 있는 음악가들이 많으니 다른 사람에게 얘기하는 편이 낫겠다"고 답했다. 그 후 5분가량 지나서 공화당에서 내게 전화를 해 같은 질문을 해왔고 나는 역시 같은 답변을 했다. 그 이후부터 내게 직간접적으로 상당한 압력이 들어왔는데, 예를 들면 내가 명동 로얄호텔에서 연주를 하던 밤에 그 일대에서 가위를 하나씩 든 경찰들이 여러 명 배치되더니 장발 단속을 하면서 나를 장발자로 붙잡았다.

이렇게 신중현과 박정희 정권이 갈등했던 흔적은 여러 곳에 남아 있다. 나는 그것이 표면적인 이유로 지목되는 '박정희 찬가'를 두고 생겨난 세속적인 갈등만은 아니었으리라고 본다. 여기에는 독재 권력의 위세를 떨치는 군사문화와 자유로움을 자기의 생명으로 생각하는 록 문화의 서로 융합될 수 없는 긴장이 있었을 것이다. 어떤 의미에서는 이 둘의 갈등이 바로 한국 록 음악이 선 자리이자 설 자리가 아니었겠는가 하는 느낌마저 없지 않다. 아쉬운 점이 있다면 신중현이 받은 예술 외적 탄압이 너무 치명적이었다는 점인데, 그를 규제한 두 차례의 대마초 사건은 그의 음악 세계가 받아야 될 '영광의 시간들'을 공인 신중현이 견디기 힘들 만큼 무거운 '악몽의 시간들'로 둔갑시켜버린다. 그럼에도 놓칠 수 없는 장면이 있다. 역시 앞의 책에서 인용한 구절이다.

> <아름다운 강산>을 만들고 (……) MBC 쇼프로에 출연했다. 리드보컬인 박광수는 완전히 삭발을 하고 반주자들은 귀 주변에 머리핀을 꽂아 귀만 보이게 하고 뒤로는 장발을 하여 박 대통령의 강압적인 처사에 대한 불만을 나타냈다. 그때 태극기가 휘날리는 장면과 강산을 촬영한 장면, 현란한 조명을 써서 사이키델릭 분위기를 내면서 18분가량 방

송했다.

그것을 본 육 여사가 만들라는 박 대통령 노래는 만들지 않고 반항한다며 노발대발했고 그 후 록그룹에 대한 장발 단속이 더 심해져 내 작품이 계속 금지되었다.

바로 이 장면이다. <아름다운 강산>은 억압적 상황을 돌파해가는 록의 정신과 애국주의적인 가사 내용과 장엄미 넘치는 곡의 규모에서 볼 때 공히 한국 록 음악의 한 절정에 이른 대표작이 되었다.

열,
뽕짝의 시대가 저물어갈 때

'안개 속'의 1970년대

이렇듯 공업화의 깃발을 든 개발독재가 한창 기승을 부
리던 1970년대 벽두, 나의 추억 속에서도 여전히 그 시절은 왜
'안개 속'인지 모르겠다. 한국의 민중운동이 깨어나기 직전 전
태일 열사가 분신하고, 황석영의 『객지』가 나오던 무렵이었다.
세간의 삶에는 아직도 궁핍한 모습이 도처에 도사리고 있었는
데, 세월은 바삐 흘러 대통령 선거가 있었고, 국가비상사태 선

포가 있었으며, 대연각호텔에 불이 나서 몇백 명씩 죽는 참사가 있었다. 그리고 그 뒷자락 어디쯤에서 가수 배호가 죽었고, 나는 중학생이 되었다.

여드름이 난 것을 시발로 나는 사춘기의 감정을 맡길 노래들을 찾아 나서게 된다. 지금 생각해보면, 열네댓 살 까까머리들에게 세상 돌아가는 것이 다 무슨 의미를 가질 수 있었으랴. 우리는 그저 노래가 좋았고, 라디오에서건 콩쿠르에서건 마을 어귀에서건 울려 퍼지는 가락이 마냥 좋았다. 특히 모처럼 콩쿠르라도 맞을라치면 숱한 노래를 듣고 배우고 불렀다. 아마 유행가의 가사를 써가지고 다니던 것도 이때가 처음이 아닌가 싶다.

사랑이라면 하지 말 것을 처음 그 순간 만나던 날부터
괴로운 시련 그칠 줄 몰라 가슴 깊은 곳 참았던 눈물이
여윈 두 뺨을 흘러내릴 때 안개 속으로 가버린 사람

그때 배운 〈안개 속으로 가버린 사람〉 같은 노래를 가끔 노래방 같은 데서 부르면 구식이라고 손가락질을 한다. 그래도 하는 수 없다. 이 노래들이 나의 사춘기를 동행해주었기 때문이다. 그런데 도대체 이 안개처럼 한없이 젖어 내리는 것 같

은 노래를 좋아해야 할 어떤 이유가 내게 있었을까? 그러게 유행이랄 수밖에 없다. 그래 유행이었다. 전염병처럼, 그 좁은 시골 중학교에서 도시락 반찬으로 멸치를 싸 와서 쉬는 시간에 먹은 일도, 파리를 잡기 위해 고무줄을 늘여 퉁기는 일도, 수첩보다 작은 노래책을 사서 애지중지 아끼는 일도…… 국민학교 시절에는 없었던, 이 '유행'이 생기면서부터 공부만 아는 벽창호와 삶의 그늘(?)을 아는 인생파가 나타나고, 세속주의와 낭만주의가 나타났다.

이때 스타로 떠오른 친구가 하나 있었다. 이름이 영균이라고, 우리 또래보다 나이가 세 살이나 많았지만 키도 크지 않고, 공부도 별로 잘하는 편이 아니었으며 부자이거나 운동선수, 아니면 다른 특기할 무엇도 없었으므로 좀처럼 '존재'가 드러나지 않던 친구였다. 하지만 유행가만은 달통한 '교실의 가수'였다. 우리가 한눈을 팔 때조차도 그의 관심은 늘 그 세계에 가 있었다.

"허, 그새 일 년이 지났어. 배호가 죽은 지 말이야. 아까운 가수였는데."

주변 친구들이 그의 말을 진지하게 받아들여주기만 하면 그는 가요계의 이야기보따리를 풀어서 신기한(?) 소식들을 들려주곤 했다. 배호가 서른두 살 때 죽었다는 것, 카바레에서 노래하다가 스물일곱 살 때 데뷔했는데 이미 신장염을 앓고 있었다는 것, 무대에서 몇 번 쓰러졌다는 것, 그 고통, 그 무력감, 그 절망감과 싸우면서 자기의 슬픔을 안개처럼 삭혀 삶의 애착을 아름다운 노래로 승화시켰다는 것, 그러고 나서 영균이는 늘 강조했다. 배호가 천하게 소리나 빽빽 지르는 가수가 아니라고, 아니 소리나 빽빽 지르는 것이 천한 것이라고. 내가 세상에서 천하다는 개념을 처음 만난 것도 이때였다.

남진과 나훈아의 대결

그와 관련해 잘 잊히지 않는 장면이 하나 있다. 어느 날 학교에 가보니 영균이가 교복을 벗은 러닝 차림으로 무언가를 열심히 하고 있었다. 밀린 숙제라면 모를까, 조금이라도 더 놀 수 있는 아까운 시간에 무슨 일을 그렇게 열심히 하는지 궁금해진 나는 잔뜩 호기심 어린 눈빛으로 그에게 다가갔다가 깜짝 놀랐다. 그가 김이 오르는 도시락을 다리미 삼아 열심히 교복 상의 칼라를 다리고 있었기 때문이다. 그 후로 나는 배호 노래를 부를라치면 꼭 그가 도시락으로 교복을 다리던 생각이 나곤 한다. 사실 그 촌에서, 좀 뭐한 말이지만 마구간 같은 집에 살면서 영균이처럼 깨끗하고 정갈한 맵시를 유지한다는 것이 얼마나 어려운 일인지 경험해보지 않은 사람은 잘 모를 것이다.

아무튼 이때 영균이가 좋아했던 노래들은 상당히 은유적이었다. 1960년대부터 1970년대 초까지 히트한 노래들은 사랑의 감정을 대개 낭만적이고 추상적이며 애상적으로 묘사했는데 그 묘사 도구로 호수, 바다, 안개, 거리 등을 사용했다. 현미의 <밤안개>에서 정훈희의 <안개>를 지나 배호의 <안개 낀 장충단공원>에 이르기까지, 그리고 문주란의 <안개 낀 고속도로>로 계속 이어질 때까지 한국의 유행가는 사랑 때문에 방황하는 남녀의 모습에 집착하면서도 되도록이면 세부적 상황을 설정하여 제시한다. 비가 와도 굳이 "삼각지 로터리에 궂은 비"가 와야 했던 것이다. 이는 어쩌면 이 시절 우리의 삶이 카오스 같았기 때문에 생겨난 현상인지 모른다.

이 시기를 지나면 유행가는 은근한 맛을 잃게 된다. 같은 사랑 노래를 해도 노골적인 표현을 하게 되는 것이다. 그래서 이때가 어쩌면 뽕짝 문화의 마지막 전성시대였다고 해야 할지 모른다. 곧이어 몰아닥칠 청년문화와 포크송의 태풍 전야에서 트로트의 큰 별들이 한국 유행가의 첫 번째 장르를 완성해가던 시기였으니까.

이쯤에서 빼먹고 지나쳐서는 안 될 이야기가 있다. 그것

은 남진과 나훈아의 대결에 깔린 가요 외적 요인들에 대한 것이다. 물론 가요 내적 요인만으로도 두 사람은 비교될 만한 여지가 충분히 있긴 했다. 두 사람은 스스로도 한 사람은 엘비스 프레슬리를, 다른 한 사람은 톰 존스를 연상시키려 노력했다. 인기가 생명인 대중 연예인으로서 그것은 당연한 노력이기도 했다. 그러나 이들의 대결은 유난스러웠다. 그 대표적인 예가 리사이틀 경쟁이었다.

당시에 가요 1번지는 공영방송이 아니고 바로 시민회관의 리사이틀이었다. 윤복희가 미니스커트를 국내에 처음 선보인 곳이자 나훈아가 괴청년으로부터 깨진 술병으로 얼굴을 찢긴 곳이었던 시민회관에서 남진이 9월에 리사이틀을 벌이자 숙적 나훈아가 10월에 같은 자리에서 리사이틀을 벌여 누가 관객을 더 많이 동원하느냐로 인기 경쟁을 했다. 그런데 나는 이 경쟁에 왠지 가요계 동향을 뛰어넘는 어떤 긴장이 부가된 것 같은 인상을 지울 수 없다. 그것은 정치적·사회적 갈등에 기초한 지역적 차별화 감정이다. 1971년에 대통령 선거가 있고 나서 프로야구가 등장하기 전까지 남진과 나훈아의 대결이 지역감정 경쟁의 대리전을 치렀던 까닭이다.

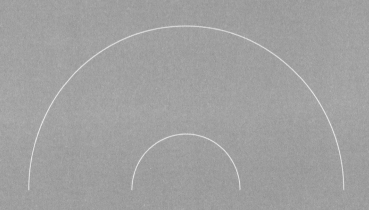

3부 　　　　　　　 20세기의 청년들이
　　　　　　　　　　 부르던 노래

열하나,
재래 가요에서 외래 가요로

말하라 사랑이 어떻게 왔는지

나는 성장기에 극심한 말더듬 때문에 거의 모든 발표 기회로부터 스스로 소외되기를 희망했다. 내 기억의 시초부터 고교 시절이 끝나기까지 내가 말을 더듬지 않는 경우는 딱 두 가지, 국어책을 읽을 때와 노래를 부를 때뿐이었다. 그래서인지 나는 혼자서 노래 삼매경에 빠지기를 잘했다. 아무도 없는 곳에서 한껏 목청을 높이다 보면 문득 '이 친구가 지금 미쳤나' 싶을 때가 있다. 그때 글씨는 자기가 가장 못 쓰는 것처럼 느껴지고 노래는 자기가 가장 잘하는 것처럼 느껴진다는 말이 떠오르면 얼마나 머쓱해지는지 모른다.

나는 노래를 못하는 편이다. 하지만 우리 주막집은 언제나 아버지를 찾는 손님들로 풍류가 넘쳤다. 마을 인동에서 중요한 장례를 치를 때면 언제나 아버지를 상두꾼으로 모셔 갔다. 마을 어른들은 아버지와 버금가는 소리를 들은 적이 없다고 회고한다. 아버지의 상엿소리는 즉흥적 사설도 뛰어나지만 목청이 구슬퍼서 온 마을 사람들을 집단적 슬픔에 빠뜨리는 감염력이 아주 컸다. 문제는 자녀들이 그것을 닮지 못했다는 것인데, 불행하게도 우리 식구들은 유행가에 일가견을 가질 만한 사람이 없었다. 큰형은 노래만 하라면 진땀이 나서 미리 사회자로 나서는 요령을 터득했다고 말한 적이 있다. 큰누나는 흔한 콧노래조차 시도하는 걸 본 적이 없고, 작은누나는 아버지 회갑 때 동네 사람들이 노래를 시키자 <비 내리는 고모령>을 부르는데 숫제 노래가 아니라 울음이었다. 나는 이로써 우리 가족은 모두 아버지에게서 노래 유전자만은 빠뜨리고 태어난 것으로 정리해버렸다.

인간이 가진 재능의 상당 부분은 교육과 훈련을 통해 깨어난다. 흔히 1970년대의 명곡 중 하나로 이야기되는 <미련>을 부른 장현은 본디 높은 음을 내지 못하는데 신중현이 그에 맞는 곡을 지어주어서 명창이 되었다 한다. 반드시 그 때문은 아니지만 나는 장현이 부른 노래들이 초중등 음악 교과서에 실리면 좋겠다는 생각을 자주 했다. 노래방이 없던 시절에 음치라고 놀림받은 대부분의 사람은 아마도 '학습으로부터의 소외'가 '노래로부터의 소외'로 귀착되는 경험을 맛봤을 것이다. 큰형도 큰누나도 작은누나도 최소의 의무교육을 겨우겨우 치렀다. 나는 그러한 삶의 슬픔을 잠시도 잊은 적이 없다. 어린 나이에 밥벌이를 하러 도회를 들락거리느라 예능을 즐길 기회라고는 없었을 것이다. 그래서 우리 집의 풍류사도 조만간 대가 끊기게 되어 있었는데, 세상은 결코 예측한 대로만 흘러가지 않는다. 우리 집에 어느 날 난데없이 돌출 부위 하나가 떠올랐다. 추석이면 으레 우리 주막 앞마당에서 꽤 큰 콩쿠르가 열렸는데 거기에 작은형이 등장한 것이다. 그것은 참으로 대단한 발견이었다.

　　나와 세 살 터울인 작은형은 어려서부터 집안일을 도울 시간이 많지 않았다. 우리 집이 하필 그 무렵에 살림 꼴을 갖추기 시작했던 것인지, 작은형은 가족 중 최초로 도시 유학을 떠난 엘리트가 되었다. 초등학교 6학년 때부터 밤늦도록 중학교 입시 수업에 매달려 있다가 도시로 떠난 것이다. 당연하게도 형이 잘하는 일이 무엇인지를 알아보는 사람이 없었다. 가장 근거리에서 관찰할 수 있었던 내게도 형의 주특기는 포착되지 않았다. 다만, 마을에 전기가 들어올 때 알전구를 붙들고 가수 흉내를 내던 모습을 잊을 수 없다. 그 밖에 조금 특이한 기억이 있다면, 형이 중학생이 되어서 광주에서 자취 생활을 할 때 어린 내가 쌀 배달(?)을 간 적이 있는데, 형이 유독 다리미를 끼고 살았다. 두 사람이 마주 앉기도 어려운 자취방에서 형은 하나뿐인 줄무늬 바지를 하루에도 수없이 다려서는 방문을 나설 때마다 입었다 벗기를 반복했다. 화장실에 가면서 입었던 바지를 다녀와서는 곧장 벗어서 다리고, 또 잠깐 나가면서 입었던 바지를 방에 들어오면 다시 다려서 걸어놓는 모양이 얼마나 유별나 보였는지 모른다. 그해 콩쿠르에서 드러난 모습이 그렇게 살아온 결과였다는 것을 나는 나중에야 알았다.

돌이켜보면 그날 형이 데뷔한(?) 무대는 한적한 시골 장터에 '모던 문화'의 폭풍을 불러오는 문화충격이 아니었을까 싶다. 어릴 때는 머리통이 틀어졌다는 소리를 듣던 형이 그 무렵에는 굉장한 미남 얼굴로 변해 있었고, 몸매도 날씬한 데다 옷매무새가 근사해서 신체 미학의 한 견본으로 바뀌어 있었다. 더구나 훤칠한 키에 청바지를 입고 나와서 한껏 흔들어대던 춤은 얼마나 세련됐던지 산만한 무대를 개운하게 쓸어버렸다. 시골 청년들이 들판에서 야외 전축을 틀어놓고 무지막지하게 비벼

대던 '논두렁 고고'와는 유(類)와 종(種)이 다른 춤사위였다. 객석의 반응이 얼마나 뜨거웠던지 심사 시간에 다시 불려가 찬조 출연까지 했으니 그야말로 개천에서 용이 난 셈이었다. 다음 날부터 동네 청년들이 형에게 통기타를 배우겠다고 줄을 섰다. 그중에는 훗날 도회의 밤무대로 진출하여 연주자로 살게 된 사람도 있다. 온 가족이 놀랄 만한 '하나의 사건'이었다.

나는 고등학생이 되어 형과 자취를 하면서 그 문화의 내면을 접하게 되었다. 형의 신분은 대학생이었으나 실제로는 별로 크지 않은 제과점의 디제이를 본업으로 하는 사람 같았다. 그 시절에 시골 소년이 디제이의 동생 노릇을 하는 게 어떤 건지를 설명하자면 얘기가 조금 복잡해진다. 어떤 때는 형의 체육복과 교련복값, 또 나의 체육복과 교련복값을 한데 모아서 형의 양복을 맞추기도 했다. 쌀값은 수시로 음반을 샀다. 소리통을 가동시킬 설비도 없는 자취방에서 당대 유행의 첨단을 알리는 각종 음반들이 앉은뱅이책상을 점령했다. 책이라고 겨우 있는게 형이 유일하게 정기 구독하는 『월간 팝송』뿐이었다. 그곳에 싸구려 부품을 구입해서 형이 손수 조립한 누드 전축마저 없었다면 어쩔 뻔했을까? 그 남루한 시절이 내게 유행가의 르네상스를 안겨주었다는 것은 참으로 역설적인 일이다. 형은 학교에서 돌아오면 자취방 문을 열고, 신발도 벗지 않은 채 덜렁 문지

방에 다리를 걸치고 누워서 통기타를 부둥켜안았다. 그러고는
눈을 감은 채 반주를 곁들여 노래를 했다.

　　엄마 잃고 다리도 없는 가엾은 작은 새는
　　바람이 거세게 불어오면 음 어디로 가야 할까
　　바람아 너는 알고 있나 비야 너는 알고 있나
　　무엇이 이 숲속에서 음 이들을 데려갈까

　　<아름다운 것들>이었다. 이런 노래를 듣다 보면 왜 갑
자기 인생이 시가 되고, 가난과 청승뿐인 유학생 살이가 세련된
보헤미안 문화로 돌변하는지 알 수 없었다. 그것이 우리를 더욱
가난하게 했지만 나는 형에게 한 번도 피곤한 기색을 보이거나
방해한 적이 없었다. 언제나 곁에서 견디고, 더 좋은 관객이 되
기 위해서 되도록 선율에 심취하는 쪽을 택했다. 매일 한 시간
쯤 우리의 눈썹에 이슬방울이 맺혔다가 마를 때까지 형은 기타
를 쳤고 나는 들었다. 지금도 그 시절이 너무 그립다.

거대한 허무주의의 강을 건너다

"기타가 본부인이고, 앞으로 여자를 얻는다면 그 사람은 두 번째 부인이 된다."

이 말을 남긴 사람은 <하얀 나비>의 가수 김정호라고 들었다. 이렇게 아내보다 먼저 기타와 결혼해버린 사람들이 유행시키는 노래, 그것은 내가 도회에 나가서 발견한 하나의 경이로운 세계였다.

나는 기억한다. 내가 고등학생이 되었던 1975년 봄은 군사문화가 한창 기승을 부리던 시절이었다. 중학교 때까지 있었던 봄 소풍이 사라지고 그 자리에 '춘계 행군'이라는 짝퉁 군사 훈련이 들어섰다. 학생들이 모두 훈련용 교련복을 입고 군사용 벨트인 '요대'와 '각반'을 두른 채 행군하여 야산에서 도시락을 먹고 놀다 오는 행사였다. 그 시절에도 한국 문화의 주류는 아직 신파에 빠져 있었다. 학년별 오락 시간을 점거했던 가요 목록들은 모두 내가 빤히 아는 것들뿐이었다. 트로트가 1960년대에 비해 세력을 잃긴 했지만 엘레지의 여왕 이미지도 건재했고, 남진, 나훈아 라이벌도 전성기를 끝내지 않고 있었으며, 한물간 식자층을 사로잡는 최희준, 배호는 물론, 신민요를 계승한 김세레나, 김부자, 하춘화의 노래까지도 광범위한 팬의 사랑을 받고 있었다. 시골에서 익숙해진 이 같은 가요들을 한마디로 정의하면 '재래 가요'라는 말로 칭할 수 있을 것이다.

그런데 재래 가요라? 여기서 '재래'의 정체를 한마디로 정의하기란 쉽지 않다. 내가 문학 공부를 하면서 익힌 표현으로 환치하면, 식민지와 전쟁을 체험한 세대가 낳은 '관념적 허무주의'가 되는데, 나는 그 비애의 미학이 한국 사회에 안겨준 생산성을 과소평가하는 것에 결코 동의하지 않는다. 문학을 예로 들어 말하면, 1960년대까지도 한국 문단을 지배하는 일련의 작품들은 파행적 근대화의 위안처로서 소위 '향토적 서정 소설'(나는 이 개념을 박헌호의 『한국인의 애독작품』에서 가져왔다)이었다. 이효석의 「메밀꽃 필 무렵」, 김유정의 「동백꽃」, 황순원의 「소나기」처럼 한국인이 애독하는 작품들을 관통하는 하나의 코드는 '전통적이며 서정적'이라는 점이었다. 일제강점기 이후 역대 독재 정권이 강조한 한국적 민족주의에 편승하기도 좋고 예술적 성취도 높아서 교과서의 노른자위를 차지하게 된 이 향토성의 세계는 정서적 매개 없이 쏟아졌던 근대화에 대한 감성의 완충지대였다. 한국사에서 애환에 찬 수난기의 트로트 시대를 구가했던 유행가들은 모두 향토성의 세계를 보조하는 하나의 '로컬 컬처'였다고 본다. 근대 시민사회의 정치적 주권의 부재와 검열에 의한 총체적 상상력의 억압이 이러한 경향을 심화시켰을 것이다.

이제 그로부터 한사코 달아나고자 열망했던 형의 '모던 지향' 문화에 나는 일말의 경외감을 갖지 않을 수 없었다. 그것은 아주 긴 강처럼 도도하게 흐르던 한국문학의 데카당스와 서서히 결별하는 절차를 밟는 일이기도 했다.

세상이 아프고 세월이 병든 것을 증명하는 것은 실로 어처구니없는 '비(非)정상'이 출현하여 위대한 '정상'들을 구원하는 현상이다. 예컨대 오상순이라는 시인이 있었다. 호가 공초인데 늘 담배 파이프를 입에 물고 다닌다고 해서 꽁초라 불렸다. 식민지 시대 『폐허』의 동인이자 「아시아의 밤」을 헌장처럼 발표한 시인이지만, 그는 문사(文士)라기보다 차라리 기인에 가까웠다. 동거하던 여인도 종교적 반려자라 칭하고, 키우던 고양이가 죽었다고 부고(訃告)를 내어 문상객을 맞아 곡을 올리기도 했다. 집도 절도 없이 조계사 뒷방에서 자고, 다방이나 국밥집을 법당으로 여기기도 해서 그가 자주 가는 명동의 '청동다방'이나 '서라벌다방'은 그를 친견하려는 남녀 대학생, 각종 문청(文靑)들이 다녀가는 성지가 되었다. 오상순이 죽었을 때는 각계 인사들이 위원회를 구성하여 국장(國葬)에 버금가는 장례가 치러졌다. 애도 행렬이 종로, 광화문, 안국동 일대를 지나갈 때는 훌쩍거리는 소리가 대기를 메웠고, 관이 묻힐 때는 담배와 파이프를 던져 넣으며 사람들이 울부짖었다. 제대로 된 시 한 편 없이 이렇게 독보적 시인이 된 공초가 시대적 불우의 절정에 서서 '정상'의 가련함을 위로했던 '현상'이야말로 그 시대가 보여준 '불우'의 한 초상이었는지 모른다.

바로 이 시절에 혜성같이 나타나서 한국문학에 감수성의 혁명을 일으켰다고 평가받은 소설이 김승옥의 「무진기행」이었다. 이 작품이 당대 젊은이들에게 선풍적인 인기를 끈 이유는 한국 문화의 재래적 감수성을 근대적 감수성으로 이동시켰다는 점 때문이었다. 당연히 영화로 만들어져 <안개>라는 제목으로 상영됐는데, 그 주제곡이 정훈희가 부른 <안개>였다. 나는 이 무렵의 서울 풍경이 얼마나 스산했는지를 언젠가 고은의 자전소설 「나, 고은」에서 읽은 적이 있다. 공초가 죽고 난 황량한 시대에 '스님 고은'이 파계하고 절을 뛰쳐나와 '시인 고은'으로 종로 거리에 합류했다. 바야흐로 한국의 허무주의가 '공초(오상순의 호)의 시대'에서 '일초(고은의 호)의 시대'로, 그러니까 시대적 초월의 0 상태에서 그 첫발자국 1의 상태로 옮겨가던 무렵이었다. 이내 한국문학사에서 전무후무한 다작의 기원을 알리는 고은의 문단 활동이 '신구문화사'라는 출판사를 거점으로 펼쳐지기 시작한다. 내가 이 이야기를 길게 하는 이유는 다음의 장면이 한 시대의 종언을 고하는 상징처럼 보였기 때문이다.

전파상마다 정훈희의 <안개>가 울려 퍼지고 있을 때

100년 만에 한 번 나올까 말까 한다는 꾀꼬리 가수 황금심의 남편이자 그 자신 또한 <타향살이>를 불러 거의 애국가 반열에 올려놓은 가수 고복수가 신구문화사의 '세계전후문제작품집'을 팔고 다니는 외판사원으로 일하고 있었다. 왕년의 대표 스타가 일개 월부 책장수로 전락했다는 사실만으로도 이미 가슴이 아픈 일이다. 일제강점기의 국민가수도 세월이 흐르면 이렇게 세상의 이목으로부터 버려지는 것이었다. 이를 시인이 아무 회한도 없이 지나칠 턱이 없었다. 고은은 원고료를 타러 갔다가 출판사에서 고복수 선생을 만나면 이 처량한 '퇴역 황제'에게 어떤 식으로든 호의를 보이고 싶어 안달했다. 그 자신도 파계한 지 얼마 되지 않아 아직 집도 절도 없는 '땡초 신세'지만 옛 팬의 입장에서 아낌없이 경의를 표했던 것이다. 그래서 환호성을 보이면,

"아, 종씨(宗氏)!"

고복수는 단지 종씨라는 이유로 고은을 좋아했다. 그러고는,

"아무리 내가 <타향살이>의 고복수라고 말해도 사람들이 책을 사주지 않아요."

에구, 안타까운 풍경이다. 고은은 '선생님'이라고 부르기조차 미안한 분에게 마침내 충심을 담아서 이렇게 제안했다.

"선생님, 우리 콱 죽어버립시다."

당시 고은은 어떤 일에도 성공보다 실패를, 선의보다 악덕을, 행운보다 불행을, 기쁨보다 비극을 먼저 생각했다. 존재의 종점은 어디쯤일까? '멸망'의 예감이야말로 고은이 지향하는 진정한 가치였다. 그래서 술을 마시면 늘 싸움을 걸고 싶은 감정과 폭발하고 싶은 충동이 총알처럼 장전되었다. 인간의 감정이 이렇게 증폭된 상태에서는 멸치만 봐도 고래를 잡고 싶어지는 법이다. 그리하여 삐쩍 마른 약질에도 불구하고 금방 만장을 내걸거나 유서라도 쓸 사람처럼 항상 극단적인 감정을 발산했으며 누가 미풍으로 건드려도 태풍으로 응답했다. 고은이 진지하게 자살이라는 비책을 내놓자 고복수 선생이 타일렀다고한다. 자신은 아내 황금심을 지킬 의무가 있고, 또 언제 무대에 나설지 모르지만 그래도 가수이니 늘 준비가 되어 있어야 한다고. 그리고 무엇보다도 전도가 양양한 시인이 앞으로 어떻게 살 것인가를 연구해야지 죽는 걸 먼저 생각하면 되겠느냐는 훈시였다.

나는 지금 이 거대한 허무주의의 강을 건너는 시기에 한국 유행가가 재래 가요에서 외래 가요로 탈바꿈하고 있었다는 사실을 명시해두고 싶은 것이다. 그것은 한국 문화가 좀 더 보편적인 세계로 나가려는 문화적 상승 의지의 하나였다. 예컨대 유럽에서 6·8혁명이 일어날 때까지도 한국은 아직 전후세대의 늪지대를 빠져나오지 못하고 있었다. 그 도저한 허무주의의 감방을 빠져나갈 비상구는 어디에 있었을까? 고은의 회고를 축약하면 이렇다. 종로만 벗어나면 소달구지가 지나가고, 번화가는 이미 개발의 유혹에 사로잡혀 있었지만, 사람들은 저마다 울음 속에 묻혀 있었고, 위로가 필요했다. 서울 청진동은 막걸리와 소주의 매일장(每日場)이어서 대낮에도 술 취한 사람들로 북새통을 이뤘다. 전날 밤 이빨 서너 개가 부러지는 혈투를 하고 나도 다음 날이면 언제 그랬느냐는 듯이 의좋은 친구로 술잔을 부딪칠 수 있는 곳, 전라도 산골 사람도 서울대 법대를 나온 사람과 똑같이 '사나이'가 되는 어떤 역류의 힘을 배우는 곳. 그 시대는 여전히 전쟁의 상처를 치유할 능력도 갖추지 못했고 새로운 전망도 낳을 수 없었다. 한국전쟁은 그 원인을 아무리 외세에게 돌리더라도 그 하나하나에 반응했던 개인들의 참담한 태도를 지우고 갈 수 없었다. 죽창을 든 것도, 아녀자에게까지 비겁한 보복을 가한 것도 모두 그 자신들이었다.

바로 여기에 장발을 한 사내들과 미니스커트를 입은 아가씨들이 듣는 노래가 태평양을 건너 흘러오고 있었다고 상상해보라. 중요한 것은 이때 새파란 청춘들이 음악실과 다방에 요새를 구축하고 앉아서 그것을 삼천리 방방곡곡으로 송출하고 있었다는 점이다. 그리고 그 살아 있는 예를 내가 형의 실존을 통해 목도하기 시작한 것이다.

통기타를 따라온 외래 가요들

형이 부르는 노래의 태반은 미국의 청년문화와 함께 상륙한 외래 가요들이었다.

얼마나 많은 길을 걸어야만 사람은 사람답게 살 수 있을까?
얼마나 먼 바다 위를 날아야만 흰 비둘기는 백사장에서 편히 쉴 수 있을까?
얼마나 많은 포탄이 날아다녀야만 영원한 평화가 찾아올 수 있을까?
친구들이여, 그 대답은 바람만이 알고 있지. 그 대답은 바람만이 알고 있지.

마치 음악으로 퍼뜨리는 하나의 평화 선언 같은 노래가 아닌가 한다. <바람만이 아는 대답(Blowing in the wind)>을 만든 이가 훗날 노벨문학상을 받는 가수 밥 딜런인데, 그는 시인 딜런 토머스를 좋아하여 이 예명을 지었다. 딜런 토머스는 1914년에 태어나 서른아홉 살에 죽은, 영국의 유명한 낭송 시인이었다. 그는 밥 딜런이 단지 '딜런'이라는 발음이 좋아서 자신의 이름을 땄다고 말했지만 이는 어디까지나 겸양의 표현일 것이다. 딜런 토머스는 원시적이고 술꾼이었으며 또한 불꽃의 화신이었다. 한 사람의 탁월한 낭송가로서 암에 걸려 죽어가는 아버지를 향해 「그 좋은 밤으로 순순히 들어가지 마세요」라는 시를 남겼던 그의 삶은 훗날 청년문화를 예고하는 전초전 같은 느낌을 준다. 바로 이 점을 선망한 밥 딜런은 정치적 순정이 살아 있는 노래를 세상에 내놓았고, 그것은 다시 한국이라는 제삼세계 젊은이들의 상상력을 한없이 자극했음이 틀림없다. 우리 형도 내게 틈만 나면 밥 딜런과 그의 연인 존 바에즈가 부르는 노래를 '빽판'으로 들려주며 침이 마르도록 설명하고는 했다. 내가 경청하는 태도가 괜찮다 싶으면 배경 이야기가 마구 범위를 확장해갔다. 그 세계는 그만큼 넓고 끝없는 벌판이었다.

　　다음의 노래들은 굳이 가수 이름을 언급할 필요가 없을 만큼 한국 사회에 회자된 거의 '외래종 국민가요' 급의 노래가 된 게 아닌가 한다. <험한 세상 다리가 되어(Bridge over troubled water)> <솔밭 사이로 강은 흐르고(The river in the pines)> <스카버러 추억(Scarborough fair)> <고향의 푸른 잔디(Green green grass of home)〉 〈해 뜨는 집(The house of rising sun)〉 〈철새는 날아가고(El condor pasa)〉……. 이렇게 펼쳐지는 명곡들의 퍼레이드를 듣기 위해 어쩌다 음악다방이나 제과점 같은 곳에 앉아 있으면 하루 종일 노래를 들어도 물리지 않았다. 물론 당시에는 디제이가 일러주지 않으면 노랫말의 정확한 뜻이나 노래가 나온 배경, 가수의 이력에 대해 알 수 없었다. 그래도 흥미로운 것은 그 하나하나가 밝혀질 때마다 단편소설 한 편을 읽는 것만큼이나 참신한 개안이 이루어진다는 것이다. 여기에 담긴 노랫말의 세계는 한국의 시들이 충족시키지 못하는 광야의 여백을 채우는 것들이었다. 그 낯선 대륙에서 당연히 번안 가요가 흘러나오지 않을 수 없었다. 세시봉 이야기는 이곳에서 해야 한다.

'세시봉'은 프랑스어로 '아주 좋아' 혹은 '매우 좋다'는 뜻을 가진 샹송의 제목이었다. 인터넷에서 검색해보니 노랫말이 이렇게 시작된다.

세시봉, 연인들은 프랑스에서 이렇게 말합니다
그들이 로맨스에 스릴을 느낄 때요
그만큼 좋다는 뜻이죠

바로 이 제목을 딴 최초의 음악 감상실이 1960년대에

세시봉 실내 공연 모습, 1960년대 말 © 한국대중가요연구소

서울 무교동에 있었다. 4·19로 이미 '대학생의 시대'를 개막한 1960년대는 5·16을 거치면서 미군기지 일대에서 쉼 없이 주민 사살 사고가 일어나는 등 국제정치적 난제가 끊이지 않았다. 거기에 1964년 한일 굴욕회담이 성사되고, 1965년에는 그 반대투쟁으로 서울대가 생긴 이래 가장 많은 시위가 벌어졌다. 대학사회는 정치 불안으로 인한 휴강이 잦을 수밖에 없었다. 그 하 수상한 시절에 세시봉에서 금요일마다 '대학생의 밤'이라는 라이브 공연을 했으니 젊은 영혼들의 문화적 해방구에서 새로운 스타들이 대량으로 쏟아져 나왔다. 조영남, 이장희, 송창식, 윤형주, 김세환, 한대수…… 이로서 한국 대중가요의 젖줄은 어느덧 미8군 무대가 아니라 세시봉을 필두로 한 젊은 음악 감상실이 되기에 이르렀다.

여기서 중요한 것은 이 같은 현상이 한반도라는 좁은 울타리 안에서 완료되는 게 아니라 국제사회에서 문화적 자양을 보급받고 연대의 감정을 함께 나누는 일종의 '신(新)개화운동'처럼 변이되고 있었다는 점이다. 개인의 자유, 시대의 평화, 공동체의 사랑을 노래하는 그 이상주의자들의 사회적 배경에는 미국의 히피문화가 있고, 또 그 뒤에는 미국의 전설 같은 문학 동인 '비트제너레이션'이 있었다. 히피란 기성의 사회 통념, 제도, 가치관을 부정하고 인간성의 회복, 자연으로의 귀의를 주장하며 탈사회적으로 행동하는 사람들을 가리킨다. 그들의 실천 형식인 히피문화를 '다음(DAUM)백과'는 "1960~1970년대에 미국에서 발달한 문화로, 당시 미국 안팎의 혼란과 부정의, 전쟁, 지나친 물질주의 등을 비판한 문화"라고 설명한다. 그리고 다시 '비트제너레이션'을 거슬러 올라가면 "성난 얼굴로 돌아보라"고 외쳤던 영국의 문학 동인 '앵그리 영맨'을 만난다.

　　형이 내게 들려준 이야기는 히피문화까지였지만, 나는 그 시절에 문예반 활동을 하면서 이미 '비트제너레이션'의 작품을 읽고 있었다. 이건 내 또래의 문청(文靑)들이 잘 모르는 사실인데, 앞에서 언급한 고복수가 팔러 다녔던 신구문화사의 '세계전후문제작품집'은 한국적 지성에 국제 감각을 보급하는 중요한 환풍구의 하나였다. 전편 10권으로 출간된 이 책의 제2권이 미국편이었던가? 하여튼 여기에 게재된 잭 케루악의 단편「노상에서」(이 소설은 훗날「길 위에서」로 번역된다)를 읽고, 나는 고2 때 '문학의 밤' 행사를 하면서 동일 제목의 시를 지어 낭송 작품으로 삼기도 했다. 그리고 문단에 데뷔한 후에 공교롭게도 비트제너레이션의 또 다른 주역이었던 시인 앨런 긴즈버그가 한국에 방문하여 여의도 여성백인회관에서 고은 시인과 공동 시낭송회를 가질 때 문단 막내로 심부름을 했다. 그 광기 어린 발사체를 아주 가까이에서 목격했다는 이야기다.

그리고 또 다른 여담이지만, 세월이 흘러 김영사에서 '고은문학전집'이 출간되었을 때 내가 시인에게 물은 적이 있다.

"이 전집에 선생님의 시 전편이 망라되어 있습니까?"

"응, 옛날에 불타서 유실된 시집 원고 말고는 다 실었어."

"그런데 『실천문학』 창간호에 필명으로 발표한 「벽시」, 『민중』이라는 무크지에 발표한 「별 제3세계 젊은이들에게」 그리고 「세노야」 「가을 편지」는 왜 없을까요?"

사실 「벽시」와 「별」은 고은 시인이 감방을 드나들 때라 빠뜨릴 수 있었으나 「가을 편지」와 「세노야」는 일부러 제외시키지 않는 한 빠질 수가 없었다. 그래서 꼬집어 물었더니,

"에이, 그건 술값이 없어서 객기로 쓴 거야."

그러니까 1970년대의 국민가요가 된 「가을 편지」와 「세노야」는 고은 시인이 술집에서 외상술을 마시고 냅킨에다 써준 즉흥시였다. 거기에 어떻게 곡이 붙었는지 궁금한 사람이 있을 것이다. 당시 고은 시인이 잠시 기독교방송의 문화부장인지 피디인지를 지냈는데 매일 어울리는 술친구가 <황혼의 엘레지>의 가수 최양숙의 오빠였다. 「가을 편지」는 김민기가 작곡하고 최양숙이 부른 노래이다. 들은 지 오래된 얘기지만 바로 직전까지 스님이었던 사람에게 기독교방송에서 직책을 주었던 사실을 내가 매우 신기해하면서 들었으니 아마도 그 기억이 맞을 것이다.

열둘,
청년문화

수입되고 번역된 이상향

한국 사회에 이렇게 국제 감각을 몰고 온 젊은이들의 가요 장르를 일컬어 포크송이라고 한다. 그것을 형이 내게 설명하던 모습이 지금도 눈앞에 생생하다. 나는 '포크'의 뜻은 모르고 '송'만 알았기 때문에 형에게 되물었다.

"포크송? 그게 무슨 뜻인데?"

원래 민요를 가리키는 말이란다. 하지만 나는 납득이 되지 않았다. 신세대를 증명하는 노래를 왜 전통음악이라 부를까? 물론 맥락이 없지 않았다. 미국의 젊은이들이 기성세대의 가치관을 전복하면서 만든 노래가 옛 구전 가요를 개성 있게 소화하여 재창조한 것들인데, 그들의 이상 속에는 갈수록 세속화되는 문명에 대한 강렬한 저항감이 있었다. 그 저항감이 인간의 영혼이 자연의 일부였던 시대에 나온 민요들을 주목하게 만들었는지 모르지만, 하여튼 음악을 하는 이들은 이를 '모던 포크'라고 부른다. 그렇다면 미국의 모던 포크는 우리가 예전에 겪었던 유사한 사례, 즉 일제강점기 때 출현한 유행가의 한 자락이 전래 민요를 수용하여 근대 가요로 재구성한 노래들이 었는데(당시 가요의 담당층이 권번에 있는 기생들이었기 때문에 생겨난 현상일 것이다) 이를 신민요라 불렀던 것과는 전혀 다른 모델이 된다. 미국의 모던 포크는 전통성을 갖지만 기성 제도, 관습, 가치관을 거부하는 전위적 가수들에 의해 1960년대 반전운동, 흑인 민권운동, 또 미국의 학생운동과 연계된 저항운동의 한 동력이 되었다.

바로 이 모던 포크를 한국에서 수용하여 기성세대의 뽕짝에 대응하는 포크송 운동을 시작한 이들은 방의경, 한대수, 양병집 그리고 형이 강조해서 들려준 또 한 사람 김민기가 있는데 아무래도 그 이름은 따로 호명하는 게 맞을 것 같다. 당시의 나는 이 젊은 개척자들의 노래를 아주 간단하게 서양 청년문화의 번안 가요라고 생각했다. 그때 형이 내게 명료하게 설명해주지 못한 것을 나는 최근에 나온 구자형의 『밥 딜런─아무도 나처럼 노래하지 않았다』(북바이북, 2016)에서 실감 나게 읽었다. 책에 따르면 앞서 언급한 방의경이 부른 〈아름다운 것들〉은 존 바에즈의 데뷔곡인데 원래 스코틀랜드 민요였다.

이 노래를 한국의 1세대 여성 포크 싱어송라이터이자 마니아들 사이에서 〈불나무〉라는 히트곡을 남긴 방의경이 듣게 된다. (그 시절, 양희은, 이연실, 방의경 등 많은 여성 통기타 가수들은 존 바에즈를 흠모한다.) 그래서 그 노래를 평소 즐겨 듣고 따라 부르곤 했는데, 어느 날 외출했다가 돌아오는 길에 〈Mary Hamilton〉의 멜로디에 자신도 모르게 한국말 가사를 붙이기 시작했다. 그녀는 가사를 잃어버릴까 봐 구두도 제대로 못 벗고, 방에 뛰어 들어가 노래를 적었다고 한다. 그 곡이 바로 명가사의 번안곡 〈아름다운 것들〉이었다.

마치 일제강점기 때 유행가를 처음 시작한 채규엽이 엔카를 번안해 조선에 선보였듯이 포크송의 개척자들 또한 초기에는 '모던 포크'를 전파하는 전도사 역할을 했다. 밥 딜런의 〈바람만이 아는 대답>은 서유석이 불렀다. 베트남전 때 미군 폭격기에서 폭탄이 우박처럼 쏟아졌다는 이미지를 그린 <소낙비(A hard rain's gonna fall)>는 이연실이 불렀다. 밥 딜런이 가장 존경했다는 선배 우디 거스리의 <이 땅은 너와 나의 땅(This land is your land)>이라는 노래는 양병집이 불렀다. 그리고 1963년 3월, 25만 명의 군중이 운집한 워싱턴 평화대행진에서 마틴 루터 킹 목사의 연설이 행해진 다음에 존 바에즈가 등장해 군중의 대합창을 만들어낸 <우리 승리하리라(We shall over come)>는 이후 두고두고 한국 대학생 시위대의 투쟁 가요가 되었다.

나는 훗날 5·18을 겪은 후에야 이것들이 하나의 '저항 가요'였다는 것을 이해하게 되었지만, 처음 접할 때는 단지 '외래적'이고 생소하며 기괴하다는 생각뿐이었다. 한대수의 <물 좀 주소>가 울려 나올 때 그 낯선 가락은 둘째 치더라도 우선 창법과 노랫말이 얼마나 음산했는지 모른다. 이 파격과 일탈의 무게를 당대의 시대적 배경을 생략하고는 설명할 길이 없다. 민은기가 엮은 『독재자의 노래─그들은 어떻게 대중의 눈과 귀를 막았는가』(한울, 2012) 중 「박정희, 국가 근대화 프로젝트와 음악」에서 송화숙은 이렇게 쓴다.

세상은 온통 무언가를 지시하는 '음악'으로 가득 차 있었다.

군대의 나팔 소리처럼 라디오와 텔레비전에서는 애국가로 하루의 시작과 끝을 알렸으며 "국민체조 시~~작, 헛, 둘, 셋, 넷"이라는 소리인지 음악인지 모를 무언가에 맞춰 '건강한 육체'가 깨어나야 했다. 쓰러지는 아이들이 적어도 한 명은 있었던 애국 조회에서는 사이렌 소리에 맞춰 국기에 대한 맹세를 다짐해야 했고, 군복 차림의 교련 교사가 부는 호루라기에 맞춰 구령 소리, 기합 소리가 울려 나왔다. 매일 아침 교실에서는 입을 모아 국민교육헌장을 외우는 아이들의 목소리가 울려 나왔고, 점심시간에는 '혼분식의 노래' 소리가 흘러나왔다. 온 국민이 일시 정지 해야만 했던 국기 하강식에도 어디선가 예의 그 '음악'이 흘러나왔고, 자정 통행 금지를 알리는 사이렌 소리나 한 달에 한 번 민방위 훈련을 알리는 사이렌 소리가 울리면 북적거리던 거리는 갑자기 휑해졌다.

바로 이러한 때 형이 가장 즐겨 듣는 음반은 '사이먼과 가펑클'의 것이고, 그중에서도 특히 선호했던 노래는 <사운드 오브 사일런스(Sound of silence)>였다. 침묵의 소리! 아, 그 말. 침묵에도 소리가 있다는 표현은 당시 내게 얼마나 황홀한 문학적 여운을 남겼는지 모른다. 그리고 포크송은 그 문화에 내가 미처 적응하기도 전에 한국의 흥행 시장을 성큼성큼 점령해간다. 1970년대의 인기작가인 최인호의 베스트셀러 소설 <별들의 고향>을 영화화하여 46만 5천 관람객이라는 최고 흥행 기록을 수립한 영화 <별들의 고향>에 나온 이장희의 노래 <나 그대에게 모두 드리리>가 순식간에 거리의 음악이 되었다. 그와 함께 울려 퍼져간 노래들, <그건 너> <그 애와 나랑은> <한 잔의 추억> 등 젊은이들의 감성을 자극하는 이장희의 멜로디는 이제 더 이상 집단의 비애 따위에 연연하는 시대를 용납하지 않았다.

통기타 · 청바지 · 생맥주의 그늘

형은 포크송을 부르는 사람들을 신세대라고 불렀다. 이제는 까마득한 옛날이 된 1970년대의 신세대! 하긴, 일본 문화의 자양을 받지 않고 성장한 세대이자 미국 문화를 카피하고 포크댄스를 배우며 심야방송을 통해 팝송을 익힌 세대라는 점에서 그들은 신세대였고, 또한 서양식 근대의 상징물인 청바지와 통기타와 생맥주를 문화적 기호로 삼았다는 점에서도 마찬가지였다. 작사가와 작곡가를 따로 두지 않고 자기가 부를 노래를 스스로 만들어 부르는 세대, 문화의 생산자와 소비자를 마치 밀

명동 음악감상실 '쉘부르'의 무대와
명동 이전 광고, 1975년
© 한국대중가요연구소

종로에서 명동으로 겁없이 이사했읍니다.
종로에서 보다 훨씬 성숙한 분위기로 탈바
꿈을 했읍니다.
명동에 나오시는 길에 꼭한번 들려주십시요.
감사합니다.   이종환

쉘부르

FOLK ARTISTS	D·J 및 MC
강승식 이수만	배경모
고영수 이연희	이종환
권태수 이종원	허 참
김인수 이형아	
김세화 임성훈	
김세환 임장지	
김정호 강 현	
김마밀리 전유성	
김허숙 조봉안	
낙상규 투코이스	
박원남 뮝롱믕	
서수남 하정일	
세그린 한종본	

물과 썰물처럼 한 묶음으로 엮어버린 세대 그리고 그것을 소통하는 형식도 특별한 시스템을 갖춘 무대가 아니라 삶의 현장으로 옮겨버린 세대. 그들의 통기타 가수는 전문적으로 훈련된 소리꾼이 아니라 일개 대학생이거나 청년에 불과한 가요 아르바이트생 같은 모습으로 대중 앞에 나타났다. 상업적인 무대에 올라가도 취미 생활자 같은 형상이고 대학 축제에 불려가도 재능 기부 같은 수준이어서 부르는 자도 듣는 자도 다들 젊음의 연대감을 함께 누릴 수 있었다. 그리고 그곳에서 증폭된 새로운 활력은 한국의 거리를 온통 반항적 낭만주의로 가득 채운다.

여기서 중요한 것은 그곳에서 이미 '대중의 아마추어화' 현상이 발아되었다는 점이다. 포크송 가수들이 보여주는, 대단한 악단을 대동하지 않고 혼자서 통기타를 들고 노래를 하는 문화야말로 듣는 자를 '절대적 수용자'로만 존재할 뿐 창조의 주체로 나설 수 없게 하던 이전 세대의 풍속을 일거에 전복하는 것이었다. 남진, 나훈아 시대까지 있었던 가수와 팬 같은 건 이제 없다. 아울러 소수의 스타를 감싼 신비한 조명과 경이로운 장치들이 무대를 감싸주지도 않는다. 고전적인 의미의 전문가와 비전문가의 경계를 싹 지워버린 것, 그것은 가히 통기타의 혁명이라고 할 만했다. 싸고 배우기 쉽고 휴대하기 편한 악기 하나로 20~30명을 한자리에 모아서 정서적 공동체를 실현하는 그 이상한 에너지의 분출이 이내 우리 사회를 전혀 낯선 곳으로 끌고 가기 시작한다. 그 길을 열심히 좇아가는 청년 학생들로 인해 한국 대중문화는 종래의 구매자인 어른들로부터 손에 피 한 방울 안 흘리고 유행성의 헤게모니를 바꾸고 말았다. 그것을 조직하는 요원들처럼 대학가와 다운타운에 아지트를 둔 신세대의 문화를 언론은 '청년문화'라 칭한다.

  내가 고교 2학년이 되었을 때 청년문화는 더 이상 마니아 문화가 아니었다. 나는 기억한다. 형이 장발 단속에 걸려서 경찰에게 머리를 뜯긴 채 집에 온 것은 영화 <바보들의 행진>이 시끄럽던 때였다. 청년문화의 회오리가 고등학생들까지 마구 삼켜서 교복 바지도 '당꼬'로 고쳐 입고 장발을 했을 정도니, 영화 <바보들의 행진>은 거의 '시대의 자화상'에 준하는 문화적 모델이 되었다. 원작은 역시 최인호의 소설이고 영화감독은 하길종이었는데, 장발 단속, 막걸리 마시기 대회, 단체 미팅 등이 소개되는 이 영화의 압권은 송창식의 노래 <왜 불러>와 <고래사냥>이 아닐까 한다. 이 노래들은 금방 금지 가요가 됐지만 그와는 별개로 송창식의 목소리가 그 시대의 뒷골목을 얼마나 흔들어놓았는지 모른다. 특히 <날이 갈수록>은 내게도 첫 손가락에 꼽히는 '내 청춘의 송가'가 되어서, 나는 지금도 어쩌다 듣게 되면 첫 구절이 시작되기도 전에 우선 눈물부터 그렁그

렁해진다. 그 선율 속에 묻힌 장면들은 노랫말이 한 글자 한 글자 지나가는 자리마다 가슴을 울컥거리게 하는 기억들이 파헤쳐져 내가 회한을 감당하기 어려운 때도 있다.

아마 그러한 여파일 것이다. 한번은 나도 기어이 고래사냥을 떠나겠다고 마음을 먹게 되었다. 고2 때 같은 반 친구 다섯 명이서 여름방학을 기해 무전여행을 갔는데, 우리 중에 통기타를 든 선수가 둘이나 있었다. 그리하여 첫날 기차에서부터 노래를 부르기 시작하여 강릉 경포대를 거쳐 완행열차를 타고 이동하며 부산 해운대에 닿기까지 도대체 보름여 동안 우리가 얼마나 많은 노래를 불러댔을까? 당시의 우리에게 소중한 물건은 오직 통기타뿐이요, 중요한 이름은 송창식과 양희은뿐이었으니, 두 가수의 노래를 우리는 어쩌면 한 곡도 빠뜨리지 않고 몇 차례씩 반복해서 불렀을 것이다. 그런데 여기서 꼭 짚어둘 사실이 있다. 그 어처구니없는 청춘들의 방황을 당시 사회가 매우 너그럽게 받아주었다는 점이다. 그러니까 그때 한국 사회가 이 가여운 젊음을 아끼고 보호했다는 사실, 이게 중요하다. 왜냐? 그것이 청년문화의 본질이기 때문이다.

사실 '청년문화'라는 말은 사회학적 개념으로는 반론의 여지가 많은 표현이다. 그것은 엄밀히 말해서 세대를 지칭하기보다 정치경제학적 계층을 지칭하는 용어였다. 문화 속에는 그

STEREO
SO-0054

AN ORIGI

GOLDEN
GOLDEN

<바보들의 행진 골든 베스트 앨범>, 1975년 신세계레코드 © 한국대중가요연구소

문화를 향유하는 자들의 사회의식이 성장하고 있다는 것을 노랫말처럼 극명하게 보여주는 사례는 없다. 뽕짝이 시골 정서와 적극적으로 관계를 맺었다면 포크송은 대도시의 정서와 관계를 맺고 있었다. 또한 그 시절에 '작은 새'와 '소년' 또 '소녀'의 눈으로 세계를 보면서 장발을 하고 미국식 자유주의를 모방할 수 있는 계층이 대학생 말고 또 어디에 있을까? 포크송이 적당한 용돈과 여유로운 시간과 사회적 포용과 그리고 지적인 포즈까지를 향유할 수 있는 대학생들의 노래라는 것은 1970년대의 한국 사회에서 선택받은 소수 엘리트 계층의 장르였다는 것을 의미했다. 그룹 이름도 고상한 외국어가 많이 사용되었다. 트윈폴리오, 어니언스, 라나에로스포, 뚜아에무아…… 한국어로 쓰더라도 '둘 다섯' '버들피리' '4월과 5월' '하사와 병장' 같은 낱말 조합이 출현했는데 이는 나이 든 세대나 공장에서 일하는 젊은이들은 적응하기 어려운 언술이었다. 게다가 포크송이 밴드음악과 달리 가사를 중시했던 까닭에 더욱 도드라질 수밖에 없었던 표현들—긴 생머리, 짧은 치마, 가방을 둘러맨, 바닷가, 캠핑, 대학 캠퍼스…… 여기에 세속 사회와 일정하게 선을 긋는 꽃, 바람, 별, 하늘 같은 것들을 동경하는 태도조차도 시골이나 공장에서 일하는 자들의 열등감과 패배 의식을 그림자로 깔고 있었다.

한국의 청년문화가 이처럼 그 울타리 어디엔가 수위실을 두어서 보호하는 '학교 제도'와 함께였다는 사실은 매우 안타까운 대목이 아닐 수 없다. 나는 고교 동창들이 입시에 몰입해 있을 때 돈벌이를 하겠다고 상경하여 이 문제를 몸소 겪었다. 당시에 시내버스를 탈 때 나이 든 대학생(여기에는 군대를 마치고 복학한 늦둥이와 대학원생도 포함된다)은 반값 요금을 내지만, 시골에서 상경해 나이를 속여가며 공장에 취직한 어린 노동자들은 비록 그들이 수시로 실업 상태에 놓임에도 불구하고 꼼짝없이 성인 요금을 내야 했다. 나는 기억한다. 당시에 대학의 수위실 앞을 함부로 통과할 수 없는 청소년들의 서울살이는 1970년대판 디아스포라이자 '불법 이주자' 신세와 한가지였다. 그들은 근로기준법이 권고하는 나이에 미치지 못했기 때문에 보호받는 게 아니라 거꾸로 불리한 취업 조건에 시달렸는데 사회는 이를 가혹하게 차별했다. 노동자와 대학생의 신분 차이를 대학 수위실에서만 확인시키는 게 아니라 교정 바깥에서도 '학생증'이라는 신분증의 발급으로도 부족해서 배지를 끼고 다니게 하는 등 외형적으로도 분별했다.

　　그런데 그 선택받은 이들의 노래가 왜 금지곡이 됐을까? 나는 그 또한 이해가 된다. 그것을 금지시키지 않으면 독재자가 아니다. 기성세대에게 가득 찬 비애의 정신과는 다른, 세계시민을 지향하고, 인류의 보편 정신으로서의 자유를 향유하려는 몸짓은 노동부가 관할하는 신흥 생산자로서의 청년세대가 아니라 교육부가 보호할 산업 예비군으로서의 청소년층이니 다분히 사회 기득권층에 속하는 것이었지만, 그래도 그들의 대학 문화는 산업 일선에서 혼탁해진 구세대적 가치관과 갈등하지 않을 수 없었다. 이를테면 사회의 모든 재부를 공장에서 생산하던 때, 그 생산관리의 효율성 때문에 노동자들은 자기가 맡은 역이 무엇인지도 모르는 채 일을 했다. 그런데 공장은 발전할수록 대규모화된다. 산업사회는 대량생산 체제의 노동력을 확보하느라 학교 제도와 교과 내용을 표준화시키지 않을 수 없다. 특히나 우리나라는 국제 경쟁에서 앞서간 '서양의 근대'를 따라잡기 위하여 모든 교육을 선진국이 거둔 성과를 빨리 습득하도록 하는 데 맞춰왔다. 당연히 가치관 정립보다 지식 습득이 우선시되었다. 여기서 대학생은 교육 대상이 되고 관리 대상이 된다. 그리고 교육의 이름으로건 관리의 이름으로건 대학생을 자기 문화의 주체가 아니라 어른들이 원하는 문화의 대상으로 보는 한 바람직한 관계는 기대할 수 없다. 왜냐하면 남에게 관리당하는 것을 가장 싫어하는 때가 그 나이인 까닭이다. 이 저항감의 배후에 국제 지식인 사회가 보이지 않게 원격 후원까지 하고 있다고 상상해보자.

금지곡을 위하여

　　한국 청년문화의 이중성을 감추고 있는 것은 국경이었다. 그것은 일견 청년 학생들의 소비문화에 불과해 보였지만 그 실상은 오히려 국경 너머에서 20세기 최고치의 정치력을 폭발시킨 지구촌 문화운동의 한 구성 부분이었다고 해야 할는지 모른다. 히피와 모던 포크의 주역들이 가진 문제의식을 미국의 젊은이들이 광범위하게 받아들이게 만든 것은 1960년대의 시민권운동과 반(反)베트남전쟁의 체험이었다. 특히 베트남전쟁은 인류의 양심을 실험하는 전쟁이라 하여 지구촌 전체를 흔들어놓았다. 세계의 이목을 끌었던 권투선수 무하마드 알리가 미국에서 베트남전 참전을 위한 입대를 정식으로 거부하면서 했던 말은 유명하다. "베트콩들은 나를 깜둥이라고 욕하지 않는다. 그런데 내가 왜 그들과 싸운단 말이냐." 이 당연한 의지가 제도와 체제와 국가 이데올로기에 속박돼 여론의 조리돌림을 당할 때 피부색이 다른 청년들이 동조해주면 얼마나 힘이 될까? 지구촌 곳곳에서 울려 퍼진 그러한 외침이 널리 파장을 일으켰다. 영국의 비틀스도 그러한 역할을 했다. 그들의 정신적 거점이었던 문학 동인 '비트제너레이션'은 훗날 미국 정신의 아버지로 칭송받는다. 그리고 이러한 저항운동은 유럽에서 마침내 반전, 반핵, 여성, 인권, 환경, 노동, 빈민, 학생 운동 등을 통해 "불가능한 것을 요구하라"는 저항의 역사를 만드는 '6·8혁명'이 된다. 미국의 용병으로 베트남전에 군대를 파병한 한국이 여기에 어떻게 자유로울 수 있었을까? 번안 가요 <소낙비>를 부른 한국의 이연실은 그것을 의식하지 못했을 수도 있지만 무하마드 알리는 제삼국의 포크송도 분명히 응원가로 들렸을 것이다. 어쩌면 그 후폭풍이라고 해도 될지 모른다. 한국 청년문화 운동의 지평을 20세기적 가치관으로 승화시켜가면서 향후 가요 운동의 방향타를 바로잡는 이정표가 세워진다. 바로 양희은이 퍼뜨린 김민기의 노래들이다.

내가 형에게서 김민기의 이름을 처음 들은 자리는 방의경, 양병집, 한대수 같은 한국 포크송 개척자의 하나로서였다. 김민기는 1951년 익산에서 태어나 서울대 재학 중에 '도비두(도깨비 두 마리)'라는 밴드를 결성했다. 그의 대표곡이라 할 <아침 이슬>은 1970년에 이미 앨범으로 제작되었으나 빛을 보지 못하고 이후 양희은에 의해 한국 저항 가요의 대명사가 되었다. 양희은은 음악 감상실 '청개구리'에서 김민기가 4등분으로 찢어버린 악보를 다시 주워 맞춰서 이 노래를 되살렸다고 한다. 이때부터 유흥 오락이 아닌 청년 대중예술로서의 가요가 한국 사회에 울려 퍼지기 시작한다. 대표적으로, 김민기의 <봉우리>

STEREO
노래 모음
앨범 ■

아침이
Yang HeeEun

같은 노래가 준 가치관의 충격을 나는 잊을 수가 없다.

사람들은 손을 들어 가리키지. 높고 뾰족한 봉우리만을 골라서.
내가 전에 올라가보았던 작은 봉우리 얘기 해줄까?
봉우리, 지금은 그냥 아주 작은 동산일 뿐이지만
그래도 그때 난 그보다 더 큰 다른 산이 있다고는 생각지를 않았어.
나한테는 그게 전부였거든. 혼자였지.
난 내가 아는 제일 높은 봉우리를 향해 오르고 있었던 거야.
너무 높이 올라온 것일까 너무 멀리 떠나온 것일까 얼마 남지는 않았는데.
잊어버려! 일단 무조건 올라보는 거야. 봉우리에 올라서서 손을 흔드는 거야.
고함도 치면서. 지금 힘든 것은 아무것도 아냐.
저 위 제일 높은 봉우리에서 늘어지게 한숨 잘 텐데 뭐.

허나 내가 오른 곳은 그저 고갯마루였을 뿐
길은 다시 다른 봉우리로
거기 부러진 나무 등걸에 걸터앉아서 나는 봤지

낮은 데로만 흘러 고인

바다

작은 배들이 연기 뿜으며 가고

이봐, 고갯마루에 먼저 오르더라도 뒤돌아서서 고함치거나
손을 흔들어댈 필요는 없어. 난 바람에 나부끼는 자네 옷자
락을
이 아래에서도 똑똑히 알아볼 수 있을 테니까 말야.
또 그렇다고 괜히 허전해하면서 주저앉아 땀이나 닦고 그
러지는 마.
땀이야 지나가는 바람이 식혀주겠지 뭐.
혹시라도 어쩌다가 아픔 같은 것이 저며올 때는, 그럴 땐 바
다를 생각해.
바다. 봉우리란 그저 넘어가는 고갯마루일 뿐이라고.

하여 친구여 우리가 오를 봉우리는
바로 지금 여긴지도 몰라
우리 땀 흘리며 가는 여기 숲속의 좁게 난 길
높은 곳엔 봉우리는 없는지도 몰라
그래 친구여 바로 여긴지도 몰라

비틀스가 이 노랫말을 들었다면 어떤 생각을 했을까? 물이 깊으면 배를 띄우는 부력도 크다. 한강의 기적을 만들겠다고 나선 박정희 개발독재는 전장에서 형성된 질서를 민간 통치에 써먹었다. 그 시절 김민기를 가리고 본다면 한국 청년문화는 단지 통행금지 시간과 미니스커트 단속, 장발 단속 같은 권위주의적 질서하고만 대적 전선을 치고 있는 것처럼 보인다. 그리하여 수입되고 번역된 문화의 한계, 그뿐이었다면 포크송은 바로 뒤 세대에 들이닥칠 민중가요와 계급 전쟁을 벌여야 했을지 모른다. 나는 바로 여기에 김민기라는 가수가 한국 대중문화에 미친, 한마디로 위대하다고 할 수밖에 없는 영향력이 있는 게 아닌가 한다.

물론 1970년대까지는 그것이 아직 금지된 힘에 불과했다. 독재 정부가 자신의 체제를 유지하기 위해서 사용하는 전략 중 하나는 대중의 취향을 동일화하는 것이다. 독재자는 항상 음악에 주목한다. 왜냐하면 그들은 국민을 획일화하고 집단적 정체성에 강한 에너지를 부여해야 하기 때문이다. 한국도 그랬다. 아직 이농이 심하지 않던 시절, 마을마다 동네 스피커가 설치되어 이장이 <새마을노래> <나의 조국> 같은 노래들을 틀어주었다. 이 방송은 아침부터 시작되어 시도 때도 없이 마을 청소 방법, 쥐잡기 요령, 예비군 민방위대 소집 통고, 정부 시책 홍보, 도·군·면 사업 실적 보고, 세금 납부일자 통고, 농산물 수매일자 통고, 송아지 출산 장려금 지급 요령 같은 사항들을 공지하고 나머지 시간들을 건전가요로 채운다. 그에 따라 잔치 때마다 할아버지 할머니들이 부르던 창이나 타령 같은 가락들이 소멸되고, 대신에 "새벽종이 울렸네"나 "어제의 용사들이 다시 뭉쳤다"가 마을 분위기를 휘어잡는다. 농촌에서 들을 수 있는 노래는 이뿐이기 때문에 온 주민이 합창을 할 수 있는 노래가 관제가요밖에 없다. 그런데 더욱 끔찍한 것은 1970년대 내내 하루에도 몇 번씩이나 반복해서 들어야 했던 <새마을노래>와 <나의 조국>의 작사·작곡자가 박정희였다는 사실이다. 기가 막힐 노릇이다.

통제와 폭력만으로 독재가 유지되고 강화될 수는 없다. 모든 독재자는 대중을 통제하고 탄압하지만 역설적으로 대중의 지지와 협력을 필요로 한다. 이를 위해 집단의 감정을 구축할 가치와 사상이 필요해지는데 박정희 시대에 가장 권장된 정서는 근면성과 명랑성이었다. 사회적 비애의 정반대편에 위치한 '명랑'이라는 감정 상태는 회의와 성찰을 무화시키는 것이다. 그래서 "나치의 오락영화 장르 중 '명랑 영화'로 지칭된 코

미디와 뮤지컬이 나치 체제하에 제작된 총 영화 중 절반에 이른다". 뿐만 아니라 "'국가주도형 노래 부르기 운동'의 연원은 일제강점기 시대 식민지 문화 전략의 일환이었던 국민가요 및 건전가요 개창 운동"이었다(이 측면을 연구한 책이 한울에서 출간된 『독재자의 노래』이다). 이제 가요를 통해 국가에 순종적이고 복종적이며 근면하고 성실한 노동력을 창출한다는 목표하에 관제 계몽가요들이 보급된다. '건전/애국/국민가요 음반'이 유행가와 충돌되지 않을 수 없다. 하필 1969년 3선 개헌, 1970년 전태일 열사 분신, 1971년 대통령 선거, 1972년 유신체제 선포, 1974년 긴급조치 선포에 이르는 불안 상황이 그칠 새 없었다. 그래서 당국은 '퇴폐 풍조 단속' '퇴폐 가요 정화' '대중가요 금지곡 선정'을 더욱 강화한다. 국가적 요구에 장애가 되는 음악들을 정책적 차원에서 단죄 내리는 것이다. 그리하여 센티멘털리즘, 처연함, 애상적 감정과 정서가 담겨 있는 노래들을 정부는 퇴폐와 저속이라는 덫을 씌워서 퇴치한다. 그에 대한 구체적인 사례들은 충격적이다. 다시 『독재자의 노래』 중 송화숙의 글을 인용하면 이렇다.

> 송창식의 <왜 불러>는 반말을 한다는 이유로 금지곡이 됐다. 이장희의 <그건 너>는 남에게 책임을 전가한다는 이유

<김민기 4집>, 1993년 서울음반 © 한국대중가요연구소

봉우리
아하, 누가 그렇게
백구
작은 연못—연주곡
날개만 있다면
작은연못
인형
고무줄놀이
천리길

김민기
4

4

에서, 조영남의 <불 꺼진 창>은 창에 불이 꺼졌다는 이유로 금지곡이 됐다. 김추자의 <거짓말이야>는 창법 저속과 불신감 조장이라는 항목으로 금지 조치 되고, 한대수의 <물 좀 주소>는 노래 제목이 물고문을 연상시킨다는 이유로, <행복의 나라로>는 '그렇다면 지금은 행복의 나라가 아니라는 뜻인가'라는 이유로, 양희은의 <이루어질 수 없는 사랑>은 '왜 사랑이 이루어질 수 없느냐, 사랑이 이루어질 수 없다고 강조하면 사회에 우울함과 허무감이 조장된다'라는 이유로, 정미조의 <불꽃>은 공산주의를 상징한다는 이유로, 이금희의 <키다리 미스터 킴>은 '단신인 대통령의 심기를 불편하게 할 수 있'는 이유로, 배호의 <0시의 이별>은 통금이 있던 시절 '0시에 이별하면 통행금지 위반이다'라는 이유로 금지됐다.

이처럼 우스꽝스러운 금지 목록을 양산하는 폐쇄 사회에서 청년문화는 통속성의 최전선이나 다름없었다. 그리고 그 속에서 "소년이여. 야망을 품어라"라는 말을 귀가 닳도록 듣고 살던 우리 십대들의 가슴을 한없이 살랑거리게 만드는 노래가 쉴 새 없이 퍼진다. 그러다 어느 날 그 모든 열정이 물거품으로 꺼져버리는 사건이 발생한다. 한국 청년문화의 마지막 장면을

1970년대 한국 일지는 1975년 12월 3일 자에 이렇게 적고 있다.

　▲ 검찰, 대마초 등 환각제 일제 단속. 이장희·이종용·윤형주·신중현·김추자 등 인기 연예인과 학생 등 상습 흡연자 65명 구속

이 대마초 사건이 군사독재와 청년세대가 벌인 문화 전쟁의 끝이었다.

4부

해도 달도 뜨지 않는
광주역

열셋,
내 마음의 유배지를 다녀간 노래들

저항적 순수의 시대

어린 시절에 '독서는 마음의 양식'이라는 표어를 볼 때마다 나는 '유행가는 마음의 양식'이라는 말로 바꾸고 싶었다. 도서관도 서점도 없는 마을에서 내게 '존재의 형식'을 전하는 것은 노랫가락에 얹힌 가사들뿐이었다. "어여쁜 눈썹달이 뜨는 내 고향"(<외나무다리>) 같은, 또는 "빗속에서 누가 우나"(<빗속에서 누가 우나>) 같은 노랫말이 내게 '낯설게 하기'를 가르쳤던 기억을 대체할 문학 수업은 없었던 것 같다. 그런데 삶에는 또한 숱한 우여곡절이 숨어 있어서 생의 행로를 바꾸기도 한다. 나는 어느 한순간 유행가에 대한 사랑이 송두리째 무너져버린 적이 있었다. 이제 그 이야기를 하려고 한다.

　　그때 나는 스물두 살이었다. 광주에서 대학에 다니고 있었고, 달력은 1980년 5월을 가리키고 있었다. 소설가 조세희는 『침묵의 뿌리』에서 "이 해를 나타내는 숫자를 쓸 때마다 손끝에서 경련이 인다고 말한 사람이 있다. 지구 위 백열 몇 나라 수십억 인구 가운데서 그 까닭을 이해할 사람은 우리 말고 없을 것이다"라고 썼다. 참으로 아찔한 기억이다. 형에게서 듣던 포크송의 시대가 대마초 사건으로 종결되고, 뒤이어 형마저 군에 입대하고 나자 나는 다시 전인미답의 길을 가지 않으면 안 되었다. 잠시 농협 단위조합에서 일하기도 했고, 도회의 술집에서 웨이터로 지내기도 했으며, 나 혼자 글쓰기의 고독에 빠져 허우적대기도 했다. 그러는 동안에도 저잣거리의 불빛들은 홀로 잠들지 않는다. 몇몇 금지곡과 대마초 냄새가 나는 옛 유행가의 파편들과 또 대학가요제로 발굴된 새파란 록의 향기가 살아나고 있었다. 그 틈새로 전남대학교에서 가끔 정치적 소요가 발생됐지만 나는 생존경쟁의 현장을 경험했다는 이유로 그것을 철없는 일이라 일축해버렸다. 머나먼 '영원'을 꿈꾸는 자에게 정치적이거나 경제적인 것은 한낱 '찰나'의 희비에 불과하다고 여겼던 것이다. 그러다가 그날, 그러니까 1980년 5월 18일 낮 12시에 광주 계림동 헌책방에 들렀다. 그날따라 햇살이 너무나 선연했다. 어두운 책방을 막 빠져나오는 순간에 시위대를 맞닥뜨렸는데, 공기는 삼엄하고 거리는 전쟁터로 돌변하여 군인들은 쫓고 학생들은 쫓기는 상황이 심상치 않았다. 그래도 나는 평화주의자니까 괜찮아, 이렇게 애써 태연한 척 걷는데 내 앞에 가던 할아버지가 곤봉에 맞아 푹 쓰러지는 것이었다. 나는 본능적으로 뒤돌아 뛰면서 전파상에서 흘러나오는 노고지리의 <찻잔>을 들었다. 누가 이 장면을 믿겠는가?

내가 돌멩이 하나 던지지 않고 무서운 폭도의 일부로 둔갑되는 반전은 이렇게 짧은 순간에 이루어진 일이다. 5·18의 비극은 모든 일이 하나의 의도된 기획처럼 짧았다는 데 그 심각성이 있는지 모른다. 그것은 너무도 짧은 기간의 학살과 무차별 체포로 다가왔다가 지극히 짧은 해방을 경험시키고 이내 참혹한 진압과 사살을 남긴 채 맹수처럼 자취를 감춰버렸다. 꼬리를 목격한 외신도 많지 않다. 1980년 5월 29일 저녁 7시 독일공영방송(ARD)이 특집으로 보도한 뉴스의 마지막 장면은 이를 상징적으로 보여준다.

시가로 진입한 군인들이 쓰러져 있는 젊은이들을 발로 차고 다녔다. 대부분 이미 숨이 넘어간 듯 아무런 반응이 없었다. 그런데 발로 채인 한 젊은이가 아직 목숨이 붙어 있었는지 몸을 꿈틀거렸다. 발로 차던 군인은 호주머니에 손을 집어넣었다. 전투가 이미 끝난 상황에서 이 군인이 구급약을 꺼낸다고 시청자들은 생각하였다. 아니면 무전기를 꺼내 빨리 병원으로 호송해야 한다고 동료에게 알리려는 것으로 생각하였다. 그러나 이 군인은 호주머니에서 노끈인가 전깃줄인가를 꺼내어 부상당한 젊은이의 목을 졸라버린 것이다. 처절하게 숨을 거두는 이 젊은이의 애절한 모습과 잔인하게 목을 조르는 군인의 모습이 클로즈업되면서 이 프로그램은 끝났다.

이는 강대석이 쓴 『김남주 평전』(시대의창, 2017)에 나오는 말이다. 그사이에 나는 어디에 있었을까? 그 경악스러운 오월의 기억들이 잘 복구되지 않아서 한때 소지했던 수첩을 펴놓고 시를 쓰기도 했다.

실로 역사라 부름 직한 긴장의 강물이
거침없이 흘러갔던 낡은 수첩

그 창피한 수첩을 보고 보고 한다
내 고향 함평으로 갈 수 있는
꼬불꼬불한 산길을 추적한 지도가 그려 있고
중간마다 일박(一泊)할, 그러나
죽었을지도 모르는 친구 집이 찍혀 있고
지리학을 못 배운, 무식한 내가 손수 그려둔
찻길·검문소·군부대가 표시된
낡은 수첩

내가 자취방으로 돌아온 것은 5월 30일이었는데, 그때 내 겨드랑이에 끼어 있던 김학준 지음의 『러시아 혁명사』는 속표지 앞장에 이런 문구를 새겨놓고 있었다.

"참다운 지식인은 정치 밖에 서 있을 수 없다."

바로 이곳에서 나는 당시 입에 달고 살던 산울림의 노래들을 떼어버렸고, 또 한국 유행가의 대명사처럼 회자되는 조용필의 시대를 지워버렸다. 그 직전까지 젊음을 충전받던 <내 마음에 주단을 깔고>며 <창밖의 여자>를 들으면 이제 역겨움이 치밀다 못해 구토증까지 일었다. 왜냐? 개인이 아무리 평화주의자라고 외쳐도, 가령 바그다드에 미군 폭격기가 포탄을 떨어뜨리면 그곳에서 사는 사람은 성자이든 아이든 어른이든 남자든 여자든 피해를 입는다. 어떤 지역이 분쟁 지대가 되면 평화를 잃은 공동체에 소속된 인간은 야만적인 상황에 처할 수밖에 없다. 임부의 배 속에 든 아이도 정치적 폭력의 인질이 된다. 유행가라고 해서 예외가 되지 않는다. 노래란 무엇인가, 세상은 왜 노래를 키우는가, 그래서 노래는 자기가 속한 공동체와 어떤 관계를 맺어야 하는가?

광주 시민들이 공수부대에 사냥당하고 있을 때 이를 알려야 할 스피커를 차지하고 정반대의 상황 인식을 유도했던 매체들을 나는 오랫동안 용서하지 못했다. 그 시절의 유행가들은 나처럼 무기력한 사람도 폭도로 쫓기는 절체절명의 현실을 유언비어라며 곡해하고 날조하는 일에 충실히 부역하고 있었다. 거대 도시 하나가 파괴되는 시각에 그 같은 유행가에 도취되어 첫사랑의 애잔함에 가슴 아파하는 허구를 견디는 것은 고통스러운 일이다. 오죽했으면 광주 시민들이 몰려가서 첫 번째로 불을 지른 곳이 MBC였을까? 내가 그 무렵에 읽은 소설인 조세희의 『난장이가 쏘아올린 작은 공』의 한 구절은 여기에 통렬한 일격을 가한다.

햄릿을 읽고 모차르트의 음악을 들으면서 눈물을 흘리는 (교육받은) 사람들이 이웃집에서 받고 있는 인간적 절망에 대아서라. 이렇게 해서 나는 내 청춘의 대중 신화들과 결별하게 되었다. 이제 내가 따라 부를 수 있는 노래가 되려면 그것은 적어도 같은 시각에 지상의 어딘가에서 고통받는 자에게 최소한 모멸감을 주는 노래는 아니어야 한다고 믿게 된 것이다.

하층 서사 가요

5·18 때 광주 시위현장에서 가장 많이 애창된 가요는 양희은이 부른 <늙은 군인의 노래>였다. 당시 대학생들은 이를 <투사의 노래>로 개사했지만 시민들의 태반은 따라 하지 못했다. 그래서 불가피하게 호출된 노래가 <전남도민의 노래>이다. 신기한 일이다. 국가보위비상대책위원회라는 기상천외한 이름을 가진 위장 정부가 '5·18'을 '광주 사태' '폭동' '국가 전복을 노린 불순세력에 의해 발생한 내란' 등으로 규정하여 전라도 사람을 통째로 역도 취급을 하는 동안 민간인 공동체에서는 관제 향토 가요가 애국가가 되었다. 군사훈련을 위해 보급시킨 <향토예비군가>는 투쟁 가요로 변용된다.

노래의 생명력은 노래 안에 있는 게 아니라 그것을 부르는 자의 마음속에 있다. 나는 기억한다. 그 난리통에 내가 아는 후배 하나는 금남로에서 총기 관리를 하다가 제 친구를 찾겠다고 길을 나섰는데 정신을 차리고 보니 강원도 원주 비행장에 서 있었다. 후배가 어떻게 해서 그곳에 있었는지, 자신이 갔는지 아니면 누가 옮겨다 놓았는지 지금도 알 수 없다. 후배가 찾던 친구는 고교를 중퇴하고 용달차를 운전하던 소년이었다. 의리를 맹세한 형들과 시시껄렁하게 몰려다니다가 공수대원에게 머리가 깨진 형의 복수를 하고자 용달차로 질주해 간 끝에 항쟁 마지막 날 도청에서 생포되었다. 내게 그 소식을 전하고 군에 입대한 친구는 훈련소에서 나눠 준 담배를 모아두었다가 그 많은 양을 연거푸 다 피워서 졸도를 했다. 이를 발견한 장교가 그를 후송시켜서 엑스레이를 찍어보니 폐가 온통 까맣게 나왔다 한다. 그래서 국군병원에서 조제받은 약을 모았다가 관물대 검사를 하는 날 한입에 털어 넣고 정신을 잃었는데, 이번에는 엑스레이상에 폐가 온통 하얗게 나왔다고 한다. 중요한 것은 다들 왜 그랬는지 모른다는 사실이다. 나도 모른다. 거리의 나무들이 선 채로 죽어 있었고, 눈을 감았다 뜰 때마다 100년의 세월이 지나가는 것 같았다. 이때부터 나는 유행가가 세상에 존재한다는 사실을 망각해버렸다. 그렇다고 노래가 사라지는 것은 아니다.

한동안은 산업화의 음지에서 떠도는 현대판 구전 가요에 빠져 지냈다. 당시 주요 인문 서적이었던 조동일의 『구비문학의 세계』가 훌륭한 길잡이였다. 현대판 민요가 그때까지 남아 있었다는 것은 얼마나 큰 위안이었는지 모른다.

한국에서 산업화가 시작될 때 도회지의 뒷골목은 근대 구전 가요의 온상 같았다. 박정희가 등장하기 전까지 한국 농촌에는 빈집도 이농 인구도 아주 적었다. 그런데 '조국 근대화' 정책과 함께 무서운 이농 전쟁이 시작된다. 극장에서 대한뉴스를 보면 편편이 공장의 산업역군이 어떤 성과를 빚는지, 텔레비전을 만들고 기성복을 짓는 노동자들이 얼마나 근사한지를 선전하면서 이제 초라한 농촌을 더는 사랑할 수 없도록 선동을 한다. 교육기관조차도 농고는 추락하고 공고, 상고는 한없이 격상되는 과정을 통해서, 농촌의 삶은 형편없이 피폐화된다. 소위 살농(殺農) 정책이다. 정부가 이렇게 앞장서서 재촉하니 조금이라도 꿈이 있는 자라면 어서 시골을 떠나지 않을 수 없었다.

1962년부터 1977년까지 약 700만에서 750만 명의 농촌 인구가 도시로 이동했다. 그들 중 5분의 1은 공장노동자가 되고 나머지는 도시 빈민으로 전락했다. 그리하여 절대적 생존 투쟁에 내몰린 이들이 모여 살기 시작한 판잣집들이 1970년대 중반 서울 인구의 3분의 1을 차지하게 된다. 그만큼 실업자가 넘쳤기 때문에 공장에서는 가혹한 노동 조건과 살인적인 저임금 효과를 마음껏 누릴 수 있었다. 정상적인 취업에서 밀려난 사람들은 비정규적인 서비스 분야로 내몰렸으며 젊은 여성들은 유흥가에서 일하는 신세가 된다. 여기에 강압적 개발도상국의 참담한 치부가 있다. 외화벌이를 장려한답시고 국가가 매매춘을 유도한 것이다. 1973년 박정희 정권은 매춘부들에게 허가증을 주어 호텔 출입을 자유롭게 하고, 외국인 여행자를 상대하는 업소는 통행금지에 관계없이 영업을 할 수 있게 했다. 신바람이 난 여행사들이 기생관광을 해외에 홍보하고 고급 관료들은 외국인 매매춘을 애국 행위로 장려하는 발언도 한다. 그래서 1970년대를 풍미했던 소설이자 영화 <영자의 전성시대>의 '영자'나 <별들의 고향>의 '경아'는 모두 고향을 등지고 쫓겨나 거리의 부랑아 신세가 된 농민의 딸들이다. 이런 현실의 밑바닥에서는 아직 조직화되지 못한 민중의 저항적 정서가 숨 쉬고 있었는데, 그것이 현대판 구전 가요들이었다. 이 위대한 짝퉁 가요들은 어쩌면 우리 역사의 마지막 민요로 기록될지 모른다. 대표적으로 전해지는 노래가 <고아>였다.

날 때부터 고아는 아니었다
내 죄 아닌 내 죄에 얽매여

낙엽 따라 떨어진 이 한목숨

가시밭길 헤치며 살았다

상처뿐인 내 청춘 피눈물 장마

아 누구의 잘못인가요 누구의 잘못입니까

부모가 없어야만 고아가 되는 것은 아니다. 자신을 지켜주는 국가, 체제, 제도를 갖지 못한 사람들의 고립감과 외로움은 더욱 비장한 정서를 갖게 된다. 그들이 부르는 처량한 노래들 중에서 나는 유독 <돈 타령>을 좋아했다.

돈돈돈 돈에 돈돈 악마의 금전

갑돌이하고 갑순이하고 서로 사랑하다가

너는 너는 죽어서 화초가 되고

나는 죽어서 훨훨 나는 벌 나비가 되어

내년 삼월 춘삼월에 꽃 피고 새가 울 때

당신 품에 안기거든 난 줄 아소서

이런 노래들의 작사, 작곡이 어디에서 유래됐는지, 타계급의 문화를 빌려왔는지 훔쳐왔는지, 아니면 내면의 설움이 곪다가 터져 나왔는지 알 수 없다. 모든 게 정체불명이지만 한

가지 분명한 것은 이 노래들이 수많은 하층 서사 안에서 가공·정련되었다는 사실이다.

　　당시에 유행된 구전 가요 중에서는 특이하게 주인을 잃었다가 되찾은 노래도 있었다. 한때 맹위를 떨친 노래 <사노라면>이 그런 경우였다.

> 비가 새는 작은 방에 새우잠을 잔대도
> 고운 님 함께라면 즐거웁지 않더냐
> 오순도순 속삭이는 밤이 있는 한
> 쩨쩨하게 굴지 말고 가슴을 쫙 펴라
> 내일은 해가 뜬다 내일은 해가 뜬다

　　삶이 아무리 힘들더라도 사랑하는 사람과 의지하면서 지내다 보면 언젠가는 반드시 좋은 날이 올 것이라고 웅변하는 이 노래는 기존의 유행가들이 대책 없이 퍼뜨리던 '뜬구름 잡기'도 없고 패배주의도 없다. 뒷골목의 노래인데도 보기 드물게 미래 전망까지 열어놓았다. 그런데 이 노래는 '들국화'의 전인권이 부를 때까지만 해도 작자 미상으로 알려졌다가 훗날 쟈니리가 귀국해서 자신이 불렀던 노래라고 밝힘으로써 본적지를 찾게 되었다. 나도 이 노래가 귀에 익었는데, 내가 장터에서 살

던 시절에 동네 극장에서 단골로 틀었던 음반 <뜨거운 안녕>에
수록된 노래였다.

　　　구전 가요가 주는 아쉬움이 있다면 노래를 부르는 자는
현실을 풍자하는 태도를 가지고 있는데 그 내용은 급변하는 정
세를 따라잡지 못한다는 점이었다. 그것이 민중적 노래 운동의
또 다른 형태인 '노래 가사 바꿔 부르기' 즉 '노가바' 운동을 낳는
이유가 된다. 노래를 전투에 비유한다면 노가바는 유격전에 속
하기 때문에 대부분 정본을 갖기가 쉽지 않았다. "석탄 백탄 타
는데"로 시작하는 민요 <석탄가>를 "팔육 팔팔 하는데"로 바꿔
부른 '올림픽(비판)가'가 기억나는데, 곰곰이 생각해보니 여기서
언급해야 할 모범이 따로 있었던 것 같다. 예컨대 1970년대 청
년문화가 시작될 때 번안 가요의 일부가 노가바 운동의 성격을
띠고 있었다. <우리 승리하리라>는 김민기가 1972년 서울대 신
입생 환영회에서 처음으로 번안해서 불렀고, <스텐카 라친>은
러시아 민요인데 이연실이 불러서 대중화되었으니 번안 가요
그 자체이다. 하지만 이런 노래들이 1980년 광주민중항쟁을 겪
고 저항운동의 현장에서 어느 순간 전혀 다른 차원의 가사를 얻
는다. 대표적으로 광주 투쟁가를 상징하는 <오월의 노래 2>가
그랬다.

왜 쏘았지 왜 찔렀지 트럭에 싣고 어디 갔지
망월동에 부릅뜬 눈 수천의 핏발 서려 있네
오월 그날이 다시 오면 우리 가슴에 붉은 피 솟네

이 노래는 프랑스 미셸 폴나레프의 샹송 <누가 할머니를 죽였을까>의 멜로디에 신군부의 광주 학살을 묘사한 가사를 담았는데, 구슬픈 서정 가요가 격정적인 투쟁 가요로 전환된 노가바의 한 사례가 아닐까 한다. 살아남은 자들이 5·18의 실상을 알리는 지난한 과정에서 이 노래만큼 중요한 역할을 한 가요는 없었다. 제목이 <오월의 노래 2>인 이유는 그보다 먼저 나온 <오월의 노래>가 있었기 때문일 것이다.

빛의 결혼식이 낳은 노래

노래는 공기와 같다. 거리에는 늘 노래가 흐르고 있지만 유행가들은 모두 바람처럼 스쳐가는 배음의 일종일 뿐 내 가슴에 고인 시대 감정과 일체화되지 않았다. 그래서 감정을 정직하게 드러내면 위법이 되는 시대, 책 한 권을 읽어도 감시의 눈을 피해야 하고, 일기 한 장, 메모 한 줄을 남기는 것도 불안한 이

<resist and exist kwangju> 광주민주화운동 앨범, 2000년 Tribal War Records(미국 발매)

시대의 노래가 따로 필요했다. 나는 이 시기에 서울대 노래패 '메아리'가 엮은 노래책을 중요한 인문 도서처럼 끼고 살았다.

1984년 내가 군 복무를 마치고 다시 광주에 왔을 때 대학생들이 신기한 노래를 부르고 있었다. 김지하 시에 곡을 붙인 <타는 목마름으로>였는데, 이에 나는 적잖이 감동을 받았다. 민중가요는 대중매체로 전파되는 유행가가 아닌 만큼 입에서 입으로 옮겨다니되 자칫하면 실정법 위반으로 몰릴 수 있는 부담을 안고 있었다. 대부분 집회 및 시위의 현장에서 힘을 발휘하는 까닭이었다. 그래도 민중가요는 1980년대의 어떤 장르도 그만큼 간절한 현장성과 질긴 생명력을 가질 수 없을 만큼 뜨거운 노래의 길을 갔다. 내가 이를 특히 주목하는 것은 1970년대 국제적 청년문화 운동을 이끈 포크송 운동이 한국의 언더그라운드에서 명맥을 이어오다 질적으로 새로운 장을 열었다는 점에 있다. 그 속에서 나온 대표적인 작품이 <님을 위한 행진곡>인데, 이 노래가 탄생되는 과정은 매우 감동적이다.

광주민중항쟁을 상징하는 인물은 윤상원이다. 그는 광주의 빈민 공단 지역 광천동에서 '들불야학'을 하던 중 5·18을 맞아서 항쟁 기간에 도청의 시민군을 대표했다. 직함은 시민군 대변인인데, 훗날 5·18 세대들이 '살아남은 자의 슬픔'을 이야기할 때 부채감을 안긴 당사자로 '죽음의 길'을 선택한 대명사가 그였다. 고로 5·18이 거둔 모든 위업의 배후에는 그의 아우라가 드리워져 있다고 해도 된다. 그런데 윤상원의 서사에는 그보다 한 해 전에 '들불야학'을 함께하다가 과로사한 박기순이 있었다. 살아남은 사람들이 두 사람의 넋을 맺어주는 '영혼결혼식'을 준비한 것은 참으로 극적이다. 노래극을 구상한 이는 소설가 황석영으로 알려져 있고 실무를 담당한 이는 '들불야학' 출신 사회운동가 전용호였다. 작곡을 담당한 이는 김종률인데, 김종률은 1978년 제2회 전일방송 대학가요제에서 <소나기>로 대상을 받고, 1979년 제3회 대학가요제에서 <영랑과 강진>으로 은상을 받은 실력파였다. 이 노래극의 마지막을 장식한 행진곡이, 사랑으로 맺어진 두 남녀가 영혼결혼식을 마치고 하늘로 올라가면서 남기는 말인데, 여기에 사용된 가사는 황석영이 백기완의 시 「묏비나리」에서 가져왔다고 한다. 이렇게 뜻깊게 태어난 <님을 위한 행진곡>은 황석영의 집 2층에서 몰래 녹음되어 <넋풀이-빛의 결혼식>이라는 제목으로 배포된 후 지금까지 어떤 노래도 비교될 수 없을 만큼 독보적인 투쟁 가요가 되었다. 일각에서는 애국가를 이 노래로 바꿔야 한다는 말까지 나온다. 정부도 1997년 5·18광주민주화운동 기념일을 국가 기념일로 지정하면서 이 노래를 광주의 원혼을 달래는 노래로 채택했다.

그러고 보면 세상의 모든 노래에는 그것의 길이 따로 있다. 민중가요사는 한국 현대사의 궤적을 참으로 적나라하게 반영한다. 1970년대는 소수 선각자들이 양심과 도덕을 앞세워 싸운 반독재 투쟁의 시대였다. 싸우는 자는 언제나 고뇌하는 개인이었으며 그 투쟁 형식도 성명서, 양심선언 따위였다. 이때 사람들은 <아침이슬>을 부르면서, "나 이제 가노라. 저 거친 광야에 서러움 모두 버리고 나 이제 가노라" 하고 감정을 토로하는 자를 시대정신의 체현자로 보았다. 그런데 1980년대가 되면 사람들이 더 이상 "태양은 묘지 위에 붉게 타오르고 한낮에 찌는 더위는 나의 시련일지라" 하는 외로운 선각자에게 귀를 기울이지 않는다. 수많은 이가 무기를 들었고 싸웠고 죽었다. "사랑도 명예도 이름도 남김없이" 앞서서 간 것이다. 그래서 "타는 목마름으로" "신새벽에 남몰래" "민주주의여 만세"라고 쓰는 것을 오히려 부끄럽게 여기고, 이제 김남주의 시 「학살」처럼 "밤 12시 전투경찰이 군인으로" 또 "밤 12시 군인이 공수특전대로" 교체되고 또 "밤 12시 무장을 한 일단의 군인들이 시내로 진주하고" "시내에 있는 미국인들이 빠져나가는" 것을 보며, 기꺼이 총을 들고 싸우는 이를 섬기게 되는 것이다. 세상을 관통하는 이 놀라운 시적 직관에 담긴 진실의 크기를 세월은 나날이 증명해가고 있다. 이는 비단 노랫말만의 문제가 아니었다. 역사의

196

구비에도 경사가 있다. 유신하에서 실로 숨 막히는 반독재 투쟁을 전개하는 때에는 호흡이 숨 막히도록 가쁘되 집단화되지 않아서 예리하게 가쁘고, 드러내놓고 진지를 구축해 싸울 정도가 되었던 5·18 이후의 시대에는 숨이 가쁘더라도 집단화될 수 있어서 굵직하게 가빴다. 그러니까 1970년대에는 천재적 소수가 외롭게 싸우는 때라 가락이 짧고 어렵고 내면적이고, 1980년대에는 대중이 진출해 나오는 때라 굵고 쉽고 노골적이었던 것이다. 그렇다면 시대적 호흡은 한편으로는 가락을 만든 자의 것이기도 했지만 한편으로는 역사의 것이기도 했다.

어쨌든 이 같은 흐름은 6월 항쟁 이후에, 시청 앞에 모인 100만의 군중을 경험하면서 어떤 소영웅주의도 더 이상 선망하지 않는 단계로 계속 바뀌어간다. 한 사람의 열 걸음보다 열 사람의 한 걸음이 중시되어 "함께 가자 우리, 셋이라면 더욱 좋고 둘이라도 함께 가자" 하고, 대중적 통일운동의 시대를 맞아 비장한 투쟁 가요보다 <얼굴 찌푸리지 말아요>와 같은, 밝고 명랑하며 생활적 설득력이 있는 노래로 계속 변화하는 것이다.

나는 이 민중가요사를 통해 가장 많은 감동을 만들어낸 노래 두 곡을 꼽으라면 <그날이 오면>과 <광야에서>를 들겠다. 문승현 작사·작곡 <그날이 오면>은 격동적인 역사가 배출한 수많은 열사의 추모곡 역할을 했는데, 본디 전태일의 일대기를 그린 <불꽃>이라는 공연의 마지막 곡으로 창작된 노래라 극적이고 서정적이며 장쾌하면서 숭고미가 살아 있다. <광야에서>는 문승현의 영향을 받은 동생 문대현이 작사·작곡한 노래인데, 김광석과 안치환의 민중 가수 시절을 수놓은 명곡이다.

세상의 가장 낮은 곳에서 들리는 노래

역사의 어두운 기슭에서 시작된 물줄기 하나가 온갖 장애물을 헤치고 시대적 대하(大河)와 합류하면서 장차 거대한 장강을 이끄는 모습은 우리를 숙연하게 한다. 다시 고백하지만 나는 학살자가 대통령직을 수행했던 7년 동안에 나온 유행가를 한 곡도 알지 못한다. 거리의 노래들이 내 귀에 다시 들리기 시작한 것은 모두 그 후의 일이다. 이제 그 기억을 이야기할 차례이다.

1980년대 민주화운동의 분수령은 1987년 6월 항쟁이었다. 이때 제5공화국이 막을 내리자 사회 곳곳에서 절차적 민주주의가 조금씩 작동되기 시작한다. 그동안 봉인되었던 월북자의 노래가 풀려나고, 박정희 정권이 묶어둔 금지곡들이 살아나며, 정치적 언더그라운드에 있었던 민중가요도 서서히 지상으

〈노래를 찾는 사람들 2집〉, 1989년 서울음반 ⓒ 한국대중가요연구소

로 올라온다. 그간 민주화운동에 투신했던 노래 집단 중에서 방송에 가장 먼저 나오는 것은 '노래를 찾는 사람들(노찾사)'이다. 노찾사는 처음에 대중적으로 소통하기 좋은 작품들로 인기를 얻자 1989년 음반을 취입하여 70만 장의 판매를 기록했다. <솔아 솔아 푸르른 솔아> <사계> 등은 차트에도 오르고 노래방에도 등장한다. 그와 함께 신형원, 정태춘, 김광석, 안치환 등이 가세하여 한국의 대중매체는 한때 민중가요의 홍수를 이룬다. 여기서 중요한 점은 이 가수들이 대중문화계의 한복판에서 지켜온 정치적 태도의 진정성이다. 어느덧 한국의 가수들도 정치적으로 의미 있는 사회적 발언자가 되는 시대가 열린 셈이다. 나도 그에 관한 추억담이 없지 않다.

한겨레신문사가 창간된 게 1989년인데, 그 2주년 때 '겨레의 노래'라는 공모 사업이 시행되었다. 이때 문부식의 시「꽃들」에 곡을 붙인 임준철의 노래가 나온다. 그 임준철 형이 어느 날 작곡가로서 윤도현이라는 가수를 발굴했다며 라이브콘서트를 보러 오라고 해서 대학로까지 가게 되었다. 나로서는 처음으로 구경하는 라이브콘서트였는데, 그 주인공인 윤도현의 무대를 빛내기 위해서 올라온 게스트가 김광석과 이정렬이었다. 당시 노래극 <지하철 1호선>의 배우였던 이정렬은 한때 민중가요 그룹을 대표하는 '성남노래마을' 출신이어서 익히 알고 있었다. 나는 이연실이 불렀던 밥 딜런의 <소낙비>를 그의 목소리로 두 번을 들었는데 두 번 다 감동을 받았다. 노래에 담긴 메시지를 정확히 알고 부르는 자가 안겨주는 감동이었다. 그리고 김광석은 당시 인기 절정을 누리던 가수인데 이미 스타 반열에 오른 그가 난데없이 내게 와서 인사를 했다. 나는 주변에 다른 아는 분이 있었을 것으로 생각하고 지나치려고 했다. 그러자 "형님!" 하고 불러서 "저를 아세요?" 했더니 "에이, 그러면 안 되죠. 자실 행사 때 써먹어놓고" 하는데 가슴이 울컥했다.

내가 선배들을 따라다니던 자유실천문인협의회는 국제석으로도 명성이 높은 문인들의 조직이다. 숱한 세월을 김지하 석방운동, 문익환 석방운동, 김남주 석방운동 따위로 시련을 겪었는데, 그 감시받는 행사에 김광석은 단골로 동원된 가수 중 하나였다. 그래도 명색이 팬을 거느린 스타인데 그는 늘 무대 뒤에서 심부름하는 우리 무명들 틈에 끼어 선 채로 밥을 먹었다. 그런 김광석이 내게 "내가 형 팬이잖아요" 했던 이유를 나는 나중에 그가 명지대 출신이라는 점을 알고서야 짐작하게 되었다. 1991년 명지대생 강경대가 시위 현장에서 죽는다. 사회 분위기가 이한열이 죽었을 때와는 천양지차로 달라서 세상이 어수선하기 짝이 없었다. 소련이 해체되고 동독이 몰락하면서 현실 사회주의권이 붕괴되는 여파로 한국 민주화운동 진영도 걸잡을 수 없이 와해되는 수순을 밟는다. 그 결정타가 김지하 시인의 「죽음의 굿판을 걷어치워라」라는 비판 글이었는데, 내가 문단 후배를 대표하여 그에 대한 반박문을 썼다. 그리고 그 일로 전혀 뜻밖의 자리에서 고맙다는 인사를 듣곤 했다. 민주화운동 세력이 역풍을 맞는 역사 피로 현상이 극심한 시절이라 나는 순정을 가진 활동가들을 응원하기 위해서 다시 『동요하는 배는 닻을 내려라』라는 책을 냈다. 김광석이 내게 보낸 호의도 그에 대한 응답의 하나였음이 틀림없다. 그래서인지 내가 '베트남을 이해하려는 젊은 작가들의 모임'을 하던 시절에 베트남을 답사하면서 그가 죽었다는 소식을 들었을 때 하노이의 한 식당에서 한국 신문을 펼쳐 든 채로 얼마나 울었는지 모른다.

어쨌든 역사의 격류에서 우리는 때로 유행가의 손을 놓치기도 하지만 그래도 노래의 장강은 유구하게 흐른다. 5·18을 겪고 해도 달도 뜨지 않는 광주역 앞에서도 우리는 노래를 만들고 또 부른다. 그 시절에 수난을 겪은, 세상의 후미진 곳들은 어쩌면 미8군 무대와 세시봉을 뛰어넘는 새로운 유행가의 훈련소였던 건지 모른다. 그리하여 그곳에서 훌륭한 가객들을 알게 되는가 하면, 언젠가 <촛불>로 데뷔해서 <서해에서> 같은 노래를 남겼던 정태춘의 재등장도 맞게 되었다. 1987년 6월 항쟁의 폭발점이 된 연세대 이한열 학생이 '동아리 MT'를 갔을 때 불

〈92년 장마 종로에서〉, 1993년 삶의문화 © 한국대중가요연구소

렸다는 노래가 정태춘의 <떠나가는 배>였다. 까닭에 이 노래는 그해 6월의 서울 거리를 가득 메우는 또 하나의 시대 가요가 되었다.

정태춘은 1970년대 후반에 통기타를 들고 나온 싱어송라이터로서 이 무렵에는 원숙하게 농익은 음유시인의 면모를 유감없이 드러내고 있었다. 제도권에 가득 찬 모더니티의 아수라장에도 거리를 두고, 운동권의 획일적 멜로디와도 다른 음악을 들고 나와 평택 미군기지 확장 반대 시위 등에 가장 헌신적으로 참여한 거리의 가수 정태춘은 목소리도 창법도 멜로디도 구슬프다.

나는 그의 노래를 들으면서 눈물범벅이 되었던 적이 두 번이나 있었다. 한번은 내가 출판사에서 송두율의 『역사는 끝났는가』를 편집하던 때인데, 마치 지상의 모든 가치가 종료된 것 같은 쓸쓸한 파장 분위기에서 <1992년 장마, 종로에서>를 듣는 순간 마구 밀물져오는 회한을 감당할 수 없었다. 그때 나는 이 노래가 어쩌면 다시는 오지 않을 비판적 지식인들의 장례를 집전하는 한 시대의 양심의 유서가 될지 모르겠다고 생각했다. 자기의 시대를 위해 뼈아픈 대가를 지불하지 않고서는 부를 수 없는 노래였다. 그리고 또 한번은 1990년 3월 9일 서울 마포구 망원동의 한 연립주택 지하방에서 화마로 숨겨간 아이들을 떠나보내는 <우리들의 죽음>이라는 노래인데, 나는 이 노래를 듣고 거의 숨이 막힐 때까지 울었다. 실로 야만적인 현실을 덤 덤하게 진술하면서 낮고 도도하게 깔리는 음성, 중간에 보고서 를 읽듯이 음유해가는 내레이션, 특히 아이들의 음성으로 작별 의 메시지를 전하는 대목은 눈물의 지뢰밭 같아서 그냥 통과할 수 없었다.

> 맞벌이 영세 서민 부부가 방문을 잠그고 일을 나간 사이 지 하 셋방에서 불이 나 방 안에서 놀던 어린 자녀들이 밖으로 빠져나오지 못하고 질식해 숨졌다. 불이 났을 때 아버지 권 씨는 경기도 부천의 직장으로, 어머니 이씨는 합정동으로 파출부를 나가고 있었으며, 아이들이 방 밖으로 나가지 못 하도록 방문을 밖에서 자물쇠로 잠그고, 바깥 현관문도 잠 가둔 상태였다. 연락을 받은 이씨가 달려와 문을 열었을 때 다섯 살 혜영 양은 방바닥에 엎드린 채, 세 살 영철 군은 옷 더미 속에 코를 묻은 채 숨겨 있었다. (……)

> 젊은 아버지는 새벽에 일 나가고
> 어머니도 돈 벌러 파출부 나가고
> 지하실 단칸방엔 어린 우리 둘이서

아침 햇살 드는 높은 창문 아래 앉아

방문은 밖으로 자물쇠 잠겨 있고

윗목에는 싸늘한 밥상과 요강이

(……)

성냥불은 그만 내 옷에 옮겨붙고

내 눈썹, 내 머리카락도 태우고

여기저기 옮겨붙고 훨훨 타올라

우리 놀란 가슴 두 눈에도 훨훨

(……)

우린 그렇게 죽었어. 그때 엄마, 아빠가 거기 있었다면

아니, 엄마만이라도 함께만 있었다면

아니, 우리가 방 안의 연기와 불길 속에서 부둥켜안고 떨기

전에

엄마, 아빠가 보고 싶어 방문을 세차게 두드리기 전에

손톱에서 피가 나게 방바닥을 긁어대기 전에

(……)

엄마, 아빠! 우린 이제 천사가 되어 하늘나라로 가는 거야.

그런데 그 천사들은 이렇게 슬픈 세상에는 다시 내려올 수

가 없어.

이 노래가 들이미는 현실이 야속하여 얼마나 견딜 수 없었던지 나는 밤에 자다가도 깨어서 몇 번을 다시 울었다.

열넷,
권태기의 노래

한류(韓流)의 상류에서

세월이 흐른 뒤 나는 1980년대가 한국 유행가의 전성시
대였다는 말을 언뜻 귓등으로 들었다. 물론 나는 그 말에 동의
하지 않는다. 하지만 내가 처음부터 배척해버린 그 시대의 가수
들에게 얼마나 미안했는지 모른다. 김수철의 노래 몇 곡은 훗날
노래방에서 배웠다. 어쩌면 그리도 무심했을까? 그런데 다시
생각해보니 그 시대의 어느 한 자락이 바로 내 발밑에도 지나가

삼성 마이마이 카세트플레이어 광고, 1985년 © 한국대중가요연구소

AMSUNG

핀마이크가 새롭다

국내 유일의 예쁜 고감도
핀마이크가 있어 언제 어디서나
옷에 부착하여 생생하게
녹음할 수 있습니다.

● 고성능 스피커까지 부착된 My-F
권장소비자가격 : W84,800 (헤드폰조

가을의 소리를 담고 싶다.
삼성카세트 my my
마이마이

의 소리는 어떤 모습일까?
한 핀마이크를 옷깃에 가볍게 꽂고
속으로 걸어가 보라. 낙엽이 지는 소리까지
두고픈 계절 — 예쁜 핀마이크가 새로운
창식으로 전혀 색다른 감각을 선보인다.

충전기로도 들을 수 있고
건전지로도 들을 수 있어요.

1 충전식·건전지겸용의 전천후 타입   ●등산이나 캠핑에는 건전지나
   충전식으로 — 어떤 경우라도 편리하게 즐길 수 있어요.
2 AM/FM스테레오 수신기능   3 선명한 음질의 스테레오 녹음기능
4 국내유일의 깜찍한 핀마이크   5 외부스피커를 연결하면 깜찍한 오디오
6 마음속에 쏙드는 감각적 칼라

신제품

밴드 이퀄라이저기능의 My-A40
비자가격 : W39,800 (헤드폰포함)

● 깜찍칼라, 합푀사이즈 My-F29
권장소비자가격 : W29,800

● 포켓사이즈 라운드형 My-A20
권장소비자가격 : W19,800

첨단기술의 상징
삼성카세트
三星電

고 있었다. 내게 포크송을 가르친 작은형이 결혼하여 그 형수가 한때 경기도 파주 금촌에서 카세트테이프를 취급하는 가게를 했다. 나는 그곳에서 형을 기다리다가 새로운 유행가 소비자들과 맞닥뜨리곤 했다. 그곳이 어쩌면 한류의 상류에 있는 샛강 같은 것이었는지 모른다. 나는 언젠가 인터넷에서 자료를 검색하다가 유행가에 대한 다음의 논술이 영감을 주어서 메모를 했는데, 그새 세월이 많이 흘러서 누가 쓴 어떤 제목의 글인지 끝내 원문을 찾지 못했다. 그 글은 이렇게 전한다.

1970년대까지만 해도 전축이 없는 집이 많았고 중고생들이 음반을 구하기란 여간 힘든 것이 아니었다. 그러나 1980년대가 되면서 소형 카세트플레이어가 대중적으로 보급되고, 국민의 전반적 소비 수준이 향상되면서 10대들이 자신의 용돈으로 부모의 동의 없이 카세트테이프를 구매하는 것이 가능해졌다. 이들은 음반의 적극적인 구매층일 뿐만 아니라 방송사의 대중가요 인기 차트에 지대한 영향을 미치며, 이 시기부터 매니지먼트 차원에서 조직적으로 관리되기 시작한 '오빠부대'와 팬클럽을 통해서 여론을 주도해나갔다.

하여튼 그렇게 성장한 아이들을 매스컴은 X세대라고 불렀다. X세대의 등장은 나 같은 세대에게는 꽤 중요한 사건이었다. 그러니까 5·18의 후폭풍이 지나가는 동안 저잣거리에서는 포크송의 시대가 가고 록의 시대, 발라드의 시대를 거쳐서 힙합과 댄스뮤직의 시대로 넘어가고 있었다. 그때까지도 나는 부당하거나 윤리 감각이 떨어지는 것에 대한 저항감이 굉장했었다. 그러다 보니 자꾸만 지당한 말을 역설하게 되고, 또 식상하더라도 어쩔 수 없이 '옳은 말'을 반복하게 된다. 그것은 필히 1990년대적인 것들과 불화하고 갈등하는 결과를 낳았다. 그러던 어느 날 갑자기 '서태지와 아이들'이 터무니없이 큰 사이즈의 신발을 신고, 상표도 떼지 않은 옷을 입고 나왔을 때 퍼뜩 정신이 들었다. 규범화된 세계에 대한, 규범화가 가지고 있는 비인간성에 대한 반란이 현대시의 역사였다. 유행가도 지겨운 것을 못 참는구나! 그로부터 밀려들기 시작한 신세대의 거침없는 도전 속에서 '반듯함'이 가지고 있는 비생산성 그리고 '규범의 오류들'이 일방적으로 떠밀려가는 것을 보았다. 에구, 세월이란 바로 이런 것이지. 그러면서도 내가 그들의 노래를 사랑할 수 있게 되는 것은 아니었다. 나는 이미 저항할 수도 화해할 수도 없는 시대와 맞닥뜨렸던 것이다.

내가 처음 한국 X세대의 노래를 만난 것은 베트남에서

였다. 당시 베트남 문학 기행이라는 계몽적인 순례를 하던 중에 호텔 나이트클럽에서 회식을 하는데, 여러 대륙의 여행자가 섞여 있었다. 스테이지는 소박하지만 다국적·다문화가 뒤섞인 장소에서 흘러나오는 미국권, 유럽권, 아시아권 댄스 음악 중에 단연 압권이 낭랑한 한국어로 쏟아지는 김건모의 노래였다. 여기에 즉각 신체 반응을 보이는 영혼들은 한국산만이 아니었다. 어느덧 한국의 대중문화가 국제적으로 '보편'의 어느 자리에 가 있었던 것이다. 그 강렬한 인상 때문에 당대 가요에 무심한 나도 <핑계> <잘못된 만남>을 몇 소절 외우게 되었다. 그 두 곡에 이어서 <스피드>가 흘러나오는데 제목이 왜 하필 <스피드>였을까?

시간 좀 내달라고 말을 걸어볼까?
아니야 그건 너무 평범해 그렇게 쉽지만은 않을 거야
놓칠 수 없어 오─오 저질러보는 거야
오─그만 오─그만 나조차도 주체할 수 없는 이 기분
이런 맘 이런 사랑 날 받아줄 수 없겠니
오─제발 오─제발 경계하는 눈빛으로 나를 바라보지 말아

제목에 비추어서는 음률이 느린 편이지만 그래도 이 노

X세대의 대통령으로 불린 서태지와 아이들, 1992년 © 한국대중가요연구소

랫말은 1990년대적인 것의 실체를 꿰뚫는 특징이 있었다. 그 하나가 속도감이었다.

인간의 감각을 속도가 지배한다는 것은 현대 자본주의 문명의 본질로서 여러 사람에 의해서 지적된 바가 있다. 문학작품에서도 밀란 쿤데라의 「느림」이 바로 이 점을 겨냥하면서 시작되고, 김우창도 어느 글에선가 속도의 본질을 "욕망과 실현 사이의 거리를 단축"시키는 현상이라고 설명한 적이 있다. 김건모의 <스피드>는 비록 남녀상열지사를 소재로 하지만 정확히 '욕망과 실현 사이의 거리를 단축'하려는 바람을 담은 노래였다. 일반적으로 남녀가 사랑에 이르는 경로는, 처음에 조심조심 주파수를 맞추고 접속이 되면 무언가 호의를 담은 말들을 나누며, 이어서 손을 합하고, 다음에 입술을, 또 더 깊은 언어를 선택하는 순인데, 이 과정에는 내면이 서로를 향해 열리느라고 차츰 숙성되는 단계가 들어 있다. 생텍쥐페리의 「어린 왕자」는 그것을 "서로 길들인다"고 말한다. 그런데 <스피드>는 길들이는 과정을 없애고 싶다는 노래였다. 나는 여기에 대한 저항감이 유난히 컸다. 왜냐? 속도 숭배야말로 자본주의적 질곡을 낳는 대표적 감정 상태라 생각했기 때문이다.

속도 숭배에는 욕망의 제동장치를 풀어버리고, 그 위험들을 각종 보험들로 모면하려 했던 자본주의의 체제적 속성이 담겨 있다(사회주의는 이것을 '프롤레타리아 독재'로 강제시키려 했다). 욕망의 표상이 떠오르자마자 이를 실현하고 싶은 욕구는 경쟁 사회의 모든 속도의 기제들을 무한대로 발전시켜왔다. 그리하여 인간은 점점 주택복권을 사서 일주일씩 가져보던 희망을 즉석복권을 사서 5초의 기대로 날려버리는 것처럼 조급해지게 된다. 이 같은 속성이 나는 성수대교와 삼풍백화점 같은 대형 붕괴 사건들을 야기했다고 보았다. X세대의 유행가도 그를 위한 문화적 장치의 하나이다.

1990년대 가요의 또 하나의 특징은 사회적 연대감의 해체인데, 이는 인간의 마을이 융합 집단 사회에서 수열 집단 사회로 급격히 이동한 결과였다. 예컨대, 김건모의 <잘못된 만남>은 친구에게 애인을 소개하고 나니 그 두 사람이 애인 관계이고 자기가 제삼자가 되어 있는 당혹감을 다룬다. 융합 집단적 성격이 강했던 봉건제 사회에서 이 같은 현상은 공동체 성원들의 내적 연대감을 무너뜨리는 범죄로 취급하여 멍석말이로 응징했다. 그러나 현대사회는 버스정류장에 운집된 사람들처럼 내적 연대감 없이, 뿔뿔이 각자의 집단을 이루고 있다. 그 속에서 발생하는 크고 작은 충돌은 개인이 감당할 수밖에 없다. 이로부터 그들의 자유분방함과 외로움이 나온다. 봄여름가을겨울의 <외로운 사람들>의 가사처럼.

우리는 서로가 외로운 사람들 어쩌다 어렵게 만나면
헤어지기 싫어 혼자 있기 싫어서 우린 사랑을 하네

외로움이란 이웃이 없어서 생기는 것인데도 "우리는 서로가 외로운 사람들"이라는 어법이 그래서 나온다. 이 외로움은 사회의 구성원들이 '자유분방하고 싶은 욕망'을 스스로 억제하지 않는 한 극복될 수 없는 것이다. 한심한 현상이다. 문명이 발전할수록 인간은 고립감 속에 놓인다. 정보통신 기술의 발달에 의해 정치와 경제, 사상과 문화에 이르기까지 국경을 초월해서 한 덩어리가 되면 모두가 첨단기술과 커뮤니케이션으로 촘촘하게 연결되는 것처럼 보이지만 그 속에 자기를 중심으로 모든 것을 재단하는 자아가 있다면 타자 속에도 동일한 자아가 있기가 마련이다. 그리하여 모든 존재가 독립되면 사회는 종잡을 수 없는 '자아들의 무리'가 되고 만다. 그리고 각각의 자아가 제멋대로 세계상을 그리면서 자기와 타자의 공존을 성립할 수 없게 한다.

이 두 가지의 특성은 어쩌면 1990년대의 가요 전 장르에 속하는 것으로, 이는 조용필과 김건모의 차이일 뿐만 아니라 신중현과 강산에의 차이이기도 하고, 남진과 설운도의 차이이기도 하다. 여기서 강산에와 설운도보다 강산에와 신중현이 더 가

〈김건모 4집〉, 1996년 도레미레코드 ⓒ 한국대중가요연구소

까워 보이는 까닭은 뭘까? 이때 이야기되어야 하는 것이 '비동
시적 동시성'이다.

세대적 몰예의를 느낄 때

1990년대가 되면 한국 유행가의 스펙트럼이 한없이 넓
어져서 너무나 상이한 장르들이 동일한 시대를 구성하게 된다.
그런 현상이 그 자체로서 잘못일 수는 없다. 유행가는 통속적인
생활공간을 살면서 인생의 찰나에 동참한다. 나이가 어리다고
통속적인 현실이 없을 리 없으며, 그 모든 고비와 고비들을 교
과서하고만 대화하여 풀어갈 수도 없는 노릇이다. 개인에게는
문화 역시 하나의 환경으로서 사회적으로 주어진다. 그래서 노
래, 만화 등 십대들의 문화 속에 들어 있는 일부 불건강한 것들
도 가능하면 그들 스스로의 역량으로 뛰어넘어야 한다. 그럴 기
회를 미리 박탈당하면 동시대적 정서 소통에서 닫히게 된다. 그
때문인지 어느 토크 프로에서 기타리스트 김태원이 "가요에서
장르를 차별하는 것은 마치 인종을 차별하는 것과 같다"고 한
말은 매우 인상 깊었다. 동시대와의 단절, 이것은 어쩌면 선행
세대와의 단절보다 더 무서운 것이니까. 그래서 나는 더불어 사

는 데 장애가 되는 '세대적 몰예의'에 속하는 요소들을 관용으로 받아들일 수 없다고 생각한다. 안타깝게도 1990년대 유행가들은 타자에게 신성했던 가치들을 별로 존중하지 않는다. 그런 의미에서 X세대 가요들은 공동체 안에서 길을 잃은 '방황하는 가요'에 속하는지 모른다.

> 이렇다 할 빽도 비전도 지금 당장은 없어
> 젊은 것 빼면 시체지만 난 꿈이 있어
> 먼 훗날 내 덕에 호강할 너의 모습 그려봐
> 밑져야 본전 아니겠니 니 인생 걸어보렴

이것은 벅의 <맨발의 청춘>에서 나오는 구절인데, 가요의 화자는 지금 가진 것이 없지만 불타는 젊음과 미래를 향한 포부가 있다는 말을 하고 있다. 그대를 위해서 맨발에 땀나도록 뛰어보겠다는 노래이다. 그래서 제목이 <맨발의 청춘>이 되었는데, 여기에는 문맥상의 요지 말고 다른 효과를 노리는 게 있다. 바로 30년 전 최희준이 각인시킨 <맨발의 청춘>을 패러디하는 효과이다. 그런데 나는 이것이 최희준이 획득한 시대성을 훼손하는 일로 보인다. 최희준의 <맨발의 청춘>에 나오는 '사나이 이데올로기'는 1950년대 후반부터 발생하여 1970년대 초반까지 한국전쟁으로부터 심하게 상처를 입은 허기진 영혼들에게 전후 복구 세대의 무거운 짐을 지우면서 맨몸으로 황폐한 연대를 헤치고 나가게 하는 특수한 정신 사조였다. 그래서 이를 경박하게 패러디하는 것은 그에 대한 단순한 표절 현상으로 보이지 않는다. 마치 바퀴벌레약을 선전하기 위하여 영화 <빠삐용>의 감동적인 화면을 무분별하게 차용하는 것처럼 소위 패러디의 윤리성을 어기는 일로 보이는 것이다.

그런 예는 박상민의 <무기여 잘 있거라>에도 적용된다. 이 노래는 한 여성의 남성 편력기를 다루고 있는데 호쾌한 가창력뿐만 아니라 군데군데 익살이 섞여 있어서 인기를 모았다.

한 여자가 다섯 번째 이별을 하고
산속으로 머리 깎고 완전하게 떠나버렸대

이렇게 서두를 내걸어놓고는 다섯 번째 남자의 입을 빌려 한 여자의 남성 편력을 소개한다. 첫 번째 남자는 대학에 떨어지자 군 입대를 거쳐 유학을 떠나서 헤어지고, 두 번째는 미팅에서 만난 플레이보이, 세 번째 남자는 직장 동료인데 마마보이였으며, 네 번째는 선을 봤는데 양다리를 걸친 남자였다. 그리고 다섯 번째 남자는 작중 화자인데 결혼 직전의 단계에서 다

른 여자가 아이를 안고 나타나는 바람에 파경에 이르렀다. 이
노랫말이 내게 거부감을 유발하는 구절은 그다음이다.

> 그녀 내게 이 한마디 남겨놓고서
> 아주 멀리 떠나갔어 무기들아 잘 있으라고

여기서 남성을 연상시키는 '무기'라는 비어(卑語)가 과연
대중적으로 용인할 수 있는 것인지 모르겠다. 강간범을 '물총강
도'라 하고, 고추를 '물총'이라 하는 파격적인 낱말을 비유의 수
단으로 동원한 이유조차 헤밍웨이의 소설 제목을 활용하기 위
한 공작같이 보이는 것이다. 바로 이 같은 표현 습관은 우리 사
회의 언어가 상업적으로 전략화되면서 발생한 것인데 이는 노
래의 본성을 어기는 일에 속한다. 전략적인 언어를 가장 심하게
쓰는 층은 정치인이다. 그들은 국민을 농락한 죄로 청문회장에
끌려 나와서까지도 "존경하는 국민 여러분!"이라고 말한다. 오
늘날 거침없는 상거래적 관계의 심화로 인하여 이 같은 말의 전
략화에 자신도 모르게 길들여지지 않은 사람은 없어 보인다. 앞
의 '무기'도 그런 예로서 대중을 현혹해보려는 의도로 가득 찬
어휘이다. 그러면서 화자는 잘못을 전혀 부끄러워하지 않는 '위
악성'까지 가지고 있다. 착하지만 무능해 보이는 흥부의 인간형

보다 나쁘지만 능력 있어 보이는 놀부의 인간형이 거의 모든 영역에서 공개적으로 더 좋은 인간형으로 표방되는 현상은 더 이상 '역설적 표현'으로 존재하는 것이 아니라 이 시대의 정신이기도 하고 철학이기도 한 것이다.

내가 이 같은 현상에서 느끼는 권태감은 어렸을 때 유행가를 통해서 '낯설게 하기'를 배웠던 것과는 정반대가 되는 결과를 낳곤 한다. 아마도 내가 낡아가는 징후일 것이다.

곰삭힌 말들

내가 이렇게 생의 복판에서 퇴각해가는 시기에 좋아하게 된 노래들은 새싹보다는 열매 쪽에 가까운 것 같다. 경박한 언어 사용은 삶의 태도를 경박하게 만든다. 경박한 노랫말은 삶의 감정을 경박하게 만든다. 이 때문에 언어를 함부로 쓰는 것은 주먹을 함부로 휘두르는 것보다 더 나쁘다. 주먹이 육체에 닿는 것에 비추어서 언어는 인간의 심연을 건들기 때문이다. 그래서 노랫말은 모름지기 폭이 넓고 말이 곰삭아 있어야 한다. 하나의 노래가 여러 사람의 입을 옮겨가며 불리면서 거기에 담긴 의미망을 확장시켜가고, 또 동일 언어를 내면에서 반복 숙성시키기 때문에 생각의 깊이를 담아주지 못하면 가사는 악곡을 망가뜨리게 된다. 그것은 노래 바깥의 언어들처럼 한번 지나고 나면 다시 만나기 어려워지는 게 아니라 한번 익히게 되면 한 생을 통하여 수없이 다시 만나기 때문에 더욱 그렇다. 1990년 대에도 그런 노래가 없지 않았다. 다음은 최백호가 백전노장을 과시한 노래 <낭만에 대하여>의 일절이다.

> 궂은 비 내리는 날 그야말로 옛날식 다방에 앉아
> 도라지 위스키 한 잔에다 짙은 색소폰 소릴 들어보렴
> 새빨간 립스틱에 나름대로 멋을 부린 마담에게
> 실없이 던지는 농담 사이로 짙은 색소폰 소릴 들어보렴
> 이제와 새삼 이 나이에 실연의 달콤함이야 있겠냐마는
> 왠지 한 곳이 비어 있는 내 가슴이 잃어버린 것에 대하여

곰삭은 맛이 없지 않고, 구어체의 힘도 남다르다. 똑같은 통속 현실을 다루더라도 대중의 입에 오르내려도 될 만한 조건, 즉 내면의 숙성 단계를 충분히 거친 말과 가락을 가졌다. 공교롭게도 이런 노래를 만든 사람은 부르기도 그렇게 부른다. 곰삭힘의 미학이다.

최백호가 지나치게 노장이라 한다면 보다 젊은 층에서

도 그런 예를 찾을 수 있다. X세대들이 활동하는 시기에 그들과 똑같은 패러디 수법을 사용하더라도 강산에의 <라구요>는 시가 닿지 못하는 영역까지 육박해 들어간 압권이 아닐 수 없다.

두만강 푸른 물에 노젓는 뱃사공을 볼 수는 없었지만
그 노래만은 너무 잘 아는 건 내 아버지 레퍼토리
그중에 십팔번이기 때문에 십팔번이기 때문에
고향 생각 나실 때면 소주가 필요하다 하시고
눈물로 지새우시던 내 아버지 이렇게 이야기했죠
죽기 전에 꼭 한 번만이라도 가봤으면 좋겠구나 라구요

이 노래 제목이 '눈물젖은 두만강'이 아니었던 것도 X세대의 예들과 비교해볼 만하고, 통속 현실을 소화하되 예술로 승화시킨, 생각할수록 절묘한 통일의 노래라는 점도 눈여겨보아둘 만하다. 나는 이 노랫말과 비슷한 글을 언젠가 조세희의 『침묵의 뿌리』에서 읽은 적이 있다.

아버지께서는 약주를 드시면 언제나 이 노래를 부르십니다. "두만강 푸른 물에 노젓는 뱃사공." 저는 이곳(사북)에서 태어났기 때문에 꿈에도 못 잊어하시는 아버지의 고향을 모릅니다. (……) 며칠 전 아버지께서 약주를 하시고는 고향 노래를 부르셨습니다. 그런데 아버지의 눈에는 눈물이 가득 괴어져 있었습니다. 그래서 저는 아버지께 여쭈어보니 "추석이 가까워지잖아. 그래서 더욱더 고향 생각이 나는구나!" 하고 말씀하셨습니다.

당시 6학년 지성필 어린이가 쓴 이 글 「아버지의 고향노래」를 인용하면서 조세희는 탄광촌 어린이들의 삶을 주목한다. 가족은 서로에게 다른 세대를 향해 열린 창문과 같다. 그 창문을 통해 세상이 흘러들어 온다. 예술이 가능한 한 자기 시대와 많이 밀착해보려 한다는 것은 거의 운명적인 것이다. 감동이 거기에서 태어나기 때문이다. 그러나 그것이 시대의 말초 부위와 밀착하는 수도 있고, 동시대의 근원을 이루는 생활 정서와 밀착하는 수도 있다. 강산에는 어릴 때 탄광촌에서 자랐다고 한다. 그래서 이 노래에 실존의 무게를 얹을 수 있었을 것이다.

삶의 한때 귀에 와닿았던 노래는 반평생을 따라다닌다. 그래서 하나의 명곡은 우리 인생의 찰나에만 동참하고 마는 것이 아니다. 그것은 단순한 '찰나' 하나가 아니라 얼마나 큰 '영원' 속의 찰나들과 함께하는지 모른다.

덧붙이는 말

　　이 책은 내가 음악을 잘 알아서 쓰게 된 것이 아니다. 나는 살아오면서 라디오, 전축, 녹음기 따위를 가져본 적이 없다. 인간의 마을에서 떠다니는 숱한 소리들이 내가 누릴 수 있는 음악의 전부였다. 하지만 내 삶은 시대의 오지에서 한참 뒤떨어진 풍속사의 현장을 절묘하게 놓치지 않고 통과해왔다. 주막집 아들로 태어나 유년 시절을 온통 유랑극단의 노래들 속에서 보냈으며, 학교에 들어가서는 집 뒤에 극장이 생기는 바람에 그 스피커에서 쏟아져 나오는 노래를 날마다 피하지 못하고, 또 나중에는 뮤직박스의 디제이를 했던 형에게 포크송 이야기를 귀에 못이 박이도록 들었다. 그리고 5·18을 겪은 이후 민중가요사가 그려가는 궤적을 현장에서 지켜보았다. 그 이름 없는 가객들에게 받았던 감동의 기억들은 내 영혼의 세포에 스며들어 오늘도 나와 함께 숨 쉬고 있다.

그래서 이 글은 문학에 몸을 얹은 자가 자신의 내면에 구축된 정서적 구조물을 성찰해간 에세이의 하나라 해야 옳다. 처음에 잡았던 제목은 '내 인생을 스쳐간 유행가들'이었으나 적절한 느낌이 들지 않아 '유행가들'이라고 고쳤다. 1장은 1991년 월간 『말』에 연재를 시작했다가 나중에 『에세이스트』에 고쳐 썼던 글이고, 2장은 『에세이스트』에 발표한 글을 최근에 고쳐 쓴 글이며, 3장은 그냥 최근에 쓴 글이다. 또한 에필로그를 두어서 따로 빈 곳을 채우고 싶은 이야기가 많았지만 최근 가요에 이를수록 능력이 못 미치는지라 20세기를 경계로 싹 잘라버렸다. 끝으로, 바라는 바가 있다면 여기 담긴 추억들이 나뿐 아니라 다른 사람에게도 도움이 되었으면 하는 것이다.

2020년 12월, 부여에서

유행가들

ⓒ 김형수, 2021

초판 1쇄 인쇄일 2020년 12월 21일
초판 1쇄 발행일 2021년 1월 5일

지은이   김형수
펴낸이   정은영
편집   안태운 김정은 정사라
마케팅   이재욱 최금순 오세미 김하은 김경록 천옥현
제작   홍동근

펴낸곳   (주)자음과모음
출판등록   2001년 11월 28일 제2001-000259호
주소   04047 서울 마포구 양화로6길 49
전화   편집부 02) 324-2347 경영지원부 02) 325-6047
팩스   편집부 02) 324-2348 경영지원부 02) 2648-1311
E-mail   munhak@jamobook.com

ISBN   978-89-544-4571-9 (03810)

이 도서의 국립중앙도서관 출판시도서목록(CIP)은 서지정보유통지원시스템 홈페이지
(http://seoji.nl.go.kr)와 국가자료공동목록시스템(http://www.nl.go.kr/kolisnet)에서
이용하실 수 있습니다.(CIP제어번호: CIP2020053259)